新装版

八月二日、天まで焼けた

母の遺体を焼いた子どもたち

奥田史郎・中山伊佐男 著

解説 高木敏子　絵 勝又進

高文研

子どもが、亡くなった親の遺体を焼くのは、
ふしぎなことではありません。
しかし、その子どもがまだ少年であり、しかも、
みずからの手で、母の遺体を焼いたとしたら、
その光景は、どんなにか異様なものでありましょう。
でも——これは、ほんとうにあったことなのです。
父たちが、まだ中学生だったころ、
日本海に面した、静かな北陸の街《まち》で——。

●もくじ

12歳で母を奪われ　＊奥田史郎

絵・勝又進

悲しみを捨てた町　＊中山伊佐男

12歳で母を奪われ

◉奥田史郎

七人きょうだい

一九四四年(昭和一九年)二月、ぼくは十歳、小学校の五年生だった。この二月の四日、ぼくの家に赤ん坊が生まれた。女の子だった。それで、ぼくの妹は四人になった。赤ん坊が生まれて一週間めの「お七夜《しちや》」に、その子の名まえがつけられる。そのころ、ぼくの家では、子どもの名まえをつけるのに、次のようにしていた。

父が、半紙を切って、長さ二〇センチ、幅四センチほどの細長い短冊《たんざく》をいくつも作る。その短冊に、家族みんなが、子どもも含めて思い思いに申し出た名まえを、父が書いていくのである。

家族だけではない。その場にいあわせた親類の人たちもまた、好きな名まえを〝登録《とうろく》〟できた。げんに、ぼくの名まえの「史郎」というのは、東京に嫁《とつ》いでいた叔母が、ちょうど里帰りしていたときに〝登録〟したものだそうだ。だいぶ後になってそれを聞かされ、はじめて長い間の疑問が解《と》けた思いをしたことがある。

というのは、父の名は亨吉《こうきち》、その父の弟たちは貞吉と達吉、そして生まれてすぐに死んだぼくの兄が英吉で、弟の名が健吉――と、男はみんな○吉《きち》とつけられているのに、どうしてぼくだけがそうでないのか、ずっとふしぎだったから。

さて、このようにして家族みんながめいめい好きな名前を〝登録〟したあと、その七、八枚の短冊の中に、父はさらにもう一枚、白紙の短冊をもぐりこませて、神棚《だな》にあげる。そして、パンパンと柏手《かしわで》をうってお参りして、ソォーッと一枚ひいた紙に書いてあったものを、その子の名まえとして決定するのである。それがもし白紙だったら、そのときの短冊はすべてご破算《はさん》にして、また改めて短冊を作りなおす――。

だから、父が名まえを書いているとき、ぼくたちも、学校で美人で勉強のできる女の子を思い浮かべて、その子の名まえを申し出たりした。

「銀子というのもいいと思うけど……」

「そうだな」

父が記入しようとしたとき、枕屏風《びょうぶ》の向こうで聞いていた母が言う。

「銀子だなんて、芸者みたいな名で、いやですよ」

そのひとことで、銀子は却下《きゃっか》された。

みんなでワイワイ言いながら、だれの申し出た名前が決まるか、父が神棚から一枚ひくとき、ちょっと緊張する——。こうして、その妹は、靖子《やすこ》と名づけられた。

ぼくらのきょうだいは、みんなこのようにして名まえを決められたらしい。父と母は一九二八年（昭和三年）に結婚して、翌年、長男の英吉が生まれたが、十カ月ほどで亡くなった。しかしあと、一年おきに、敦子《あつこ》、史郎、照子、健吉と、女、男が交互に生まれ、一九四〇年（昭和一五年）に豊子、その翌年に時子、そして靖子と、こんどは女の子ばかりがつづいて、七人のきょうだいとなった。

父も八人きょうだいの四番めに生まれたが、初めての男の子で、小さいときはだいじにされて育てられたという。父は、若いころは東京へ出て絵描きになりたかったのだが、中学校の教師をしていた祖父の強い望みで、金沢の医学専門学校（いまの金沢大学医学部）にすすんで医者になった。医者といっても、細菌学《さいきん》を専攻して、県の衛生課の技師として勤《つと》めていた。県庁の構内に別棟《むね》で建っている「細菌検査室」が父の職場だった。

モルモットや白い兎が網かごに飼われ、看護婦さんたちは、よく試験管やガラスびんなどを洗っていた。

ぼくらのきょうだいは数が多く、それに父のきょうだいも多かったから、いたずらをしたぼくらを叱《しか》るときも、父はとっさにその子の名まえが出てこなくて、「こら、タツ！あ、エイキチ！」などと違う名を呼んだりした。そこで、それをよいことにぼくらは、「ぼくのことじゃありませーん」という顔をして、ターッと姿をくらましてしまうのだった。父は追いかけてこなかったが、母はよく追いかけてきた。

きょうだいは多かったのに、子どもたちの誕生《たんじょう》日のお祝いはいつもキチンと忘れずに行なわれた。一月に一人、二月に二人、三月も二人、そして五月と十一月に一人ずつ……、その日の夕飯には、赤や黄色のいためごはん（チャーハン）を丸く皿に盛って、真ん中に小さい旗を立てたものが多かった。その日の丸の旗を作るのは、たいてい、年上のぼくらの役目だった。お皿の脇には、ゆでたまごを半分にして、食紅《しょくべに》で目や耳をかいた兎がのっていた。りんごの兎のこともあった。

戦争がはげしくなって、いためごはんの中に肉っ気がなくなり、グリーンピースがなくなった。靖子の初めての誕生祝いには、そのころには珍しいライスカレーだったが、肉はもちろんなく、代わりにするめを小さく切ったのが入っていた。でも、うれしかった。

東京から来た友達

ぼくは三月生まれだから、一九三九年（昭和一四年）に小学校に入学した。

それより先、ぼくが小学校に入る前から、すでに中国との戦争は始まっていたが、三年生の十二月八日に、さらにアメリカとイギリス、オランダを相手にした「大東亜戦争」が始まった。

最初はずいぶん威勢がよく、日本軍はアメリカやイギリス、フランス、オランダの植民地を占領し、また敵の艦隊などを次々に打ち破って海の底に沈めた。

しかし、一九四三年（昭和一八年）のなかばくらいから、反対に日本軍の敗《ま》けいくさが報じられ、ぼくらのまわりから、いろんな生活物資がしだいに姿を消していった。

品物は極度に不足し、代用食《だいようしょく》だとか代用品ということばがハバをきかせていた。「ぜいたくは敵だ」とか「足《た》りぬ足りぬは工夫が足りぬ」という標語がどこにも見られ、苦しいことがあっても「戦地の兵隊さんを思え」、そうすれば「ぜいたくなどできないはずだ」と教えられた。

日本軍が一時期占領していた太平洋の島々も、だんだんアメリカ軍に取り返されていき、そこを基地として、B29爆撃機が日本の大都市を空襲するようになっていた。

東京では、小学校（このころは「国民学校」という名称《めいしょう》に変えられていた）の生徒たちが、学校単位で親元《もと》を離れて田舎《いなか》に集団疎開《そかい》をしたり、親類や知り合いを頼って縁故《えんこ》疎開をするということも始まっていた。

ぼくの生まれ育った富山の街《まち》にも、一九四四年（昭和一九年）の夏休みごろから、縁故疎開で転校してくる人たちが見られるようになった。ぼくと友達になった阿部くんや浜中くんも、そうした東京からの縁故疎開組だった。

阿部くんは、三年生のころから学校の休みのときにはいつも、富山にいるおばあさんのところへ遊びに来ていたのだそうだ。だから、疎開して来たといっても、ぼくたちが友達どうしでしゃべる会話もほとんど〝通訳〟なしに理解できたし、東京育ちにしては、スキーも意外に上手《じょうず》だった。

阿部くんにくらべると、浜中くんはときどき、ついうっかりと「……しちゃって、さ」

などと言ってしまい、みんなに笑われて真っ赤になったり、ぼくたちの会話を「それ、どういうこと?」などと途中で聞きなおしたりすることが多かった。そして、それよりも何よりも、スキーがまったく下手《へた》なのには、みんなが驚いた。

富山のような雪の多い所で生まれ育った子どもたちは、たいてい三、四歳から小さな竹で作ったスキーで遊んでいた。もう少し大きくなると、木製のスキーを買ってもらった。

そのころ、ぼくら五、六年生がふだん遊んでいた〝スキー場〟は富山港線(富山駅と岩瀬《いわせ》浜間を走っている電車)の線路の脇の土手であった。線路のところから、その両側の低い田んぼに向かって、四、五メートルほどの斜面を滑《すべ》り降りるのである。

線路の東側のほうが勾配《こうばい》もかなり急で、中学生たちや、もっと年上のおとなたちがいつも滑っていたので、ぼくたちは自然、西側の田んぼに向かう斜面で遊ぶことが多かった。そこは、ぼくの家の東隣りで家並《やなみ》みが切れたところから、畠や田んぼを越して、二〇〇メートルあるかなしかの距離だった。家の前から、線路のところで遊んでいる者がいればすぐ見渡せるので、学校から帰ると、夕方暗くなるまで、冬はそこで遊んでいた。

夕方——といっても、北国の冬は午後三時にはすっかり冷えこんできた——ひとしきりみんなが滑って固まった雪の表面は、ガラスか磁器《じき》のようにツルツルに磨《みが》かれ、コンクリートのように硬くなって、ピチン、ピチンと音をたてながら凍《こお》った。天気の良い日ほど冷え込みがきびしかった。

そんな斜面を、みんなは竹のストックも使わずに、慣《な》れた調子で膝《ひざ》と腰のバネを利《き》かせながら、ベリベリーッと派手《はで》な音をさせて滑り降りるのだが、急な斜面から田んぼの平らな面に移る個所《かしょ》がとくにむずかしく、みんなが転ぶのも、たいていそこ《ころ》だった。

最初は阿部くんもそこで何度も転んだが、たちまち慣れてしまい、夕日でだいだい色や薄赤色に染まった田んぼの底に向かって、みんなと同じように、長い影を雪の上に映しながら、同じ間隔《かんかく》で、つぎつぎに歓声《かんせい》をあげて滑り降りることができるようになった。たまに転んでも、大げさに悲鳴をあげてみんなを笑わせたりして、すっかり余裕があった。

ところが浜中くんときたら、いつまでたっても少しもうまくならず、降ったばかりのまだやわらかい雪の上ででも、しかもストックを両方ついているのに、スキーが勝手にズルズルと滑り出して、つい転んでしまうのだ。

そんなところではみんなに笑われたりしていたが、勉強はどの科目もよくできて、理科が得意だった。とくに、電気を使った工作はなんでもうまかった。

浜中くんの家に行ってみると、自分で組み立てたという鉱石《こうせき》ラジオもあったし、自分で

コイルを巻いたというモーターも持っていた。だから、「東京から来た子はさすがにちょっと違うよ」と感心もされ、尊敬の目で見られてもいた。

どういうわけか、ぼくは、疎開してきた阿部くんや浜中くんたちと割合早く気が合って、仲良くなった。ぼくも何度か遊びに行ったが、阿部くんも浜中くんも、ぼくの家へ何回か遊びに来たことがある。

この三人も、いよいよ中学入試を迎えた。

入試発表の朝

そのころ富山市には、中学校に相当する商業学校も工業学校もあったが、普通の中学校への進学をめざす小学生には、二つの目標があった。一つは富山中学で、略して呼ぶときには富中《とみちゅう》とか富中《ふちゅう》と言った。これは市の南のはずれにあって、県立女学校のごく近くにあった。いまひとつは神通《じんずう》中学で、神通川のすぐそばにコンクリート造《づく》りの三階建のモダーンな校舎が建っていた。こちらは、略して神中《じんちゅう》と呼ばれていた。

二つある中学校のうち、ぼくが神通中学へ進もうと思ったのは、通学するのに距離が近いことが第一の理由だった。

ぼくの家から徒歩で、富山中学のある堀川《ほりかわ》までは四十分ほどかかるのに対して、神通中学まではゆっくりでも二十分そこそこで行けた。それに、母の生家のある愛宕《あたご》町からすぐのところにあるというのも、なんとなく土地カンを感じさせて安心だった。

そのうえ、神中には、父のきょうだいの中で一番上の姉の長男——ぼくらの従兄弟《いとこ》のうちでは最年長の藤瀬《ふじせ》の茂美《しげよし》さん——が英語の教師をしているということも、そこに決める原因の一つになったのかもしれない。とにかく、母の意見が強かったのだろう。

当時、小学校（国民学校）から中学へすすむには、入学試験を受けなくてはならなかった。その入試が相当の難関で、最初の挑戦に失敗し、一年おくれて入学するものもめずらしくなかった。だから、小学六年生になると、ちょうどいまの中学三年生が高校入試の受験勉強をやるように必死で受験勉強をやったものだった。

一九四五年（昭和二〇年）の二月の末、中学校の入学試験発表の朝は、街《まち》にはまだ雪がかなり残り、吹く風も頬《ほお》につめたかった。神通中学というのは、現在の富山中部高校である。

ぼくは浜中くん、阿部くんといっしょに家を出た。

ぼくたちは話に夢中になっていた。少し興奮していたぼくは、学校の門を入ったばかりのところで、雪のかたまりにつまずいて、スッテーンと見事に転んだ。

それは一瞬のことだった。ぼくはウッと叫んだが、すぐに立ち上がった。ふつうのときなら、わあーっと笑い声があがるのだが、みんなも緊張していたからか、だれも笑わない。それよりも、みんなの足は先を急いでいた。

すると、その雰囲気《ふんいき》のせいだろうか、しだいに、ぼくの中に、もしかすると……という黒い不安がひろがりはじめたのだ。

口頭試問《こうとうしもん》のとき、アメリカの爆撃機、「空の要塞《ようさい》」といわれたB29の性能に関することをいろいろと聞かれたが、ひょっとすると、あのときのぼくの答えのうち、いくつかがまちがっていたのではないか……。

サイパン島を出発して東京まで来て、またサイパン島に帰るには何時間何十分要するか――あの質問に対する暗算の計算が違ったか？

そのほかでは、アッツ島で玉砕《ぎょくさい》した山崎部隊長の辞世《じせい》の歌を見せられて、これを知っているか、と聞かれた……。もちろん、それは知っていたが、一瞬、頭の中をかすめたのは、全員戦死した部隊の部隊長の辞世の歌を、だれが、どのようにして伝えたのかな……ということだったが、そんなことはとても質問できる雰囲気ではなかったし、また、聞いてはいけないことくらいは心得ていた。

それよりも、だしぬけに（ぼくにはまったくそうとしか思えなかった）、試験官の先生が聞いたあの質問のことかもしれない……。

突然「空気には重さがあるか？」と聞かれたから、「あります」と弾《はじ》かれたように答えた。すると、試験官は、「どうしてそれがわかるか？」と畳《たた》みこんで聞いてきた。

〈うーん、えーと、えーと……〉

ちょっと考えたけれど、うまい答えはすぐに出てこない。重さということで、父が家でよく薬を計《はか》るとき使う小さな秤《はかり》と、たくさんの分銅《ふんどう》を思い浮かべたが、空気でできた分銅というのはなかった……。

「水の中に空気を入れると、ブクブクと泡《あわ》が出ます」

何か答えないといけないと考えて、ぼくは必死にしゃべった。

「それは、重さではないだろう」

そこで泡はプチンと消えた。

「では、次に行く……」と、試験官はぼくの気持ちを無視して、先へ進んだ。

――あの質問に違いない……と考えた。

試験が終わってから報告に行ったとき、六年の担任の先生は、「そいつはまずかったね」と言って、指で自分の頬《ほお》を掻《か》いただけで、正しい答えは教えてくれなかった。

もし、ぼくが試験に落ちたとすると、きっとあの問題だ……いや、あれこそが、試験の及第《きゆうだい》と落第を分けるために作られた、いちばん大事な問題だったのにちがいない……。

そして、試験に落ちたのを、神さまが前もって知らせてくれるために、ぼくを門のそばでつまずかせ、転ばせたのだ……。つまり、お前の受験番号がなくてもガッカリするな、ということにちがいない。

――想像力の渦《うず》はくるくるとぼくの頭の中で回転して、大雨が来る前の黒雲のように、果《は》てしなくふくらんでいく……。

じっさいは、門のところから受験番号を貼《は》り出す所まで行くのに二分もかからなかったのに、ひどく長かったような気がした。

間もなく、合格者の番号を書いた大きな紙が貼り出された。どういうわけか、番号の数字はバラバラに書いてある。

幾百の眼が、すばやくその上を走り、飛び交《か》う……。右から見ていく……、左から順に見る……、また見直す……。ところが――ない！　ぼくの受験番号が、ない！

〈そんなはずはない〉という思いと、〈門のところで派手《はで》に転んだのだから、ないのが当たり前〉という気持ちとが、はげしく争っている。もう一度、念入りに右端の上から見ていく……。

「うわぁ、あった、あった！」

と、ぼくの隣りでも、すぐうしろでも、喜んだ声が弾《はず》んで聞こえる。

右隣りにいた阿部くんも、自分の番号を見つけたらしい。

「あった、あった！」

と、大きなため息をついている。

そんな声を聞くと、一瞬、ぼくの目の前がまっくらになる……。

「ぼくのも……あった！」

ああ、どうしよう……。浜中くんも受験番号を見つけたらしい。

浜中くんが右手を伸ばし、ぼくの肩をたたいて言う。

「奥田くん、君のは……何番？」

「……一三六番。……だけど、ないよねえ」

「……」

「一三六番なら、ある、ある！」

叫んだのは、阿部くんだった。

「えっ、ほんとにある？」

まだ、ぼくの視界には、灰色の霧《きり》がかかって、ぼんやりとかすんでいる。

「どこ？　どこに、ある？」

「ほらほら、いちばん上の段の、ずっと左のほうに……、一三六番、あるじゃないか！」

浜中くんの東京弁が、こんなに素晴らしくひびいたことはない。

……ぼくの眼の前の雲がみるみるうちに晴れて、たしかに、ぼくの受験番号はハッキリと書かれていた。ばんざーい！　三人ともそろって合格だった。

帰りみちで、ぼくは告白した。

「おれ、門のところで転んだから、試験もきっとすべったと思ったよ」

すると、浜中くんがボソッと答えた。

「すべるとしたら、きっと、おれだと思ったんだ。ずいぶん、ドキドキしたよ」

「そうだよな、浜中は、いつもすべって転ぶ名人だもんな！」
と、すかさず阿部くんが茶目っ気たっぷりに応じたので、それこそ三人とも、こんどこそほんとうに転ぶくらいに、お互いに突きとばし合いながら、笑いころげ合った。

戦争の訓練

国民学校の五年生の秋ごろから、ぼくたちは各町内ごとに集まって、旗を立てながら、集団で号令をかけて登校するようになっていた。校門のところにある奉安殿《ほうあんでん》(天皇、皇后《こうごう》の写真や、勅語《ちょくご》などがしまってあった)の前では、一度みんな立ち止まって向きをかえ、最敬礼をするのだった。五年生、六年生は長ズボンをはいて、必ずゲートルをつけていたが、中学生になったらそのゲートルの巻き方も、もっと厳《きび》しくなった。

足くびから外へ二回巻いて、そこで二回、外側でひねって裏返しにし、ゆるまないようにピッチリ巻くのが決まりだったが、むずかしいのは、最後の紐《ひも》の結び目が外側の真横に来るようにしなければならないことだった。

中学では、三年生以上は軍需《ぐんじゅ》工場などへ勤労動員《きんろうどういん》に出かけて学校には登校していなかったから、上級の二年生が門のところに立っていて、帽子《ぼうし》をまっすぐにかぶっているか、帽子の白線はねじれたりはずれたりしてはいないか、そしてゲートルの結び目は正しい位置にあるか……など点検していた。とくにゲートルの結び目の位置がズレていると、その場で巻き直しをさせられた。

でも、それはまもなく慣《な》れた。暗やみの中でも正しい巻き方ができるようになったのだ。そんなことより、ぼくがいちばん辛《つら》かったのは、二組の級長にされたことだった。とくに、戸外《こがい》での教練《きょうれん》の時間はいやだった。いやいやだから、これは少しも慣れなかった。

何かといえば、兵隊と同じように運動場に二列横隊に並んで、先生たちの点検を受けるのだ。そしてそのたびごとに、級長は大声で号令をかけたり、点呼《てんこ》の結果を報告したりしなければならない……。

その当時、中学校の運動場はかなりの部分が畠になっていて、豆や麦や、馬鈴薯《ばれいしょ》だのが植えてあって、だいぶ狭くなってはいたが、それでも国民学校の運動場の数倍はあった。なにしろ、市内の国民学校の五、六年生が全部集まったことがあるくらいなのだ。

その広い運動場で、地べたを這《は》いながら進む匍匐《ほふく》訓練や、二メートルほどもある障碍塀《しょうがいへい》をよじのぼって越すことや、仮設《かせつ》敵陣に向かって腹ばいになったまま擬製手榴弾《ぎせいしゅりゅうだん》を投げる演習などを、くりかえしやらされた。

ぼく自身は、少国民の体力検定《けんてい》で、すでに六年生の春に、走る、跳《と》ぶ、投げる、懸垂《けんすい》などの種目はどれも合格していたから、そういう訓練は人なみにできたし、それほど苦にもならなかったが、ぼくらの学級の中に、障碍塀を乗りこえるのが少しでも遅い者がいたり、手榴弾を決められたところまで投げられない者がいたりすると、罰《ばつ》として学級全体が運動場をさらに何周か駆け足で回らなければならなかった。

ヘトヘトになって戻ると、その並び方が遅かったり、列が乱れているという理由で、もう一周駆け足――ということもあり、級長の報告が小さな声で元気がないということで、さらに一周、おまけがつくこともあった。

国民学校では、ぼくは四年生からずっとリレーの選手でもあったし、各校対抗の相撲《すもう》の選手にもなるほど身長は大きいほうだったが、中学校に入ってみると、さすがに、ぼくよりも大きいのがゴロゴロしている。なんで、ぼくなんかが号令をかけなければならないんだ、運動場を何周もしてきて、息が切れているのに、大声を出せなんて……ぼくには、そんな役はとてもつとまらない、と怨《うら》めしかった。

ドイツ軍の降伏《こうふく》

中学校に入って変わったことといえば、英語の時間だった。そのころ世間では一般に、英語は敵性語（敵の国のことば）と言われて、ほとんど日本語に言い替《か》えられていた。ゲートルは巻脚絆《まききやはん》、リレーは継走《けいそう》、グラウンドは運動場、書くのも、マッチは燐寸、アメリカは亜米利加、イギリスは英吉利、という具合だったが、なぜか中学校では英語を教えていた。

教科書の第一ページ、一番目の文章は「ジス　イズ　ア　ペン」であった。続いて、マップだの、キャップだのがあった。そして従兄弟《いとこ》の藤瀬《ふじせ》の茂美《しげよし》さんが、その英語の先生だ。しばらくして、藤瀬先生はアンパンというあだ名だということを知った。顔が丸いからか――。そうではなかった。英語がわからない生徒を立たせて、説教をして、

「……こんなこともわからんのか、アーン」

と言ったとたん、パーンとびんたを食らわすことから、そのように呼ばれたのだった。

アンパン先生に限らず、生徒をなぐったり、柔道《じゅうどう》の足払《ばら》いをかけて投げとばす先生なんて、そのころはふつうだった。女の先生でもなぐる人がいた。

アンパン先生の教え方は、こんなふうだった。「汽車はトレインだ。傘《かさ》が窓にはさまったら……取れん、と覚えろ」「石は投げるとストーンと落ちる。ポトーンとまちがえてはいかんぞ」

ぼくが中学に入ってまもない、五月のある日のことだ。家の前の道を、近所にある幼稚《ようち》園の園長先生がうなだれて歩いていた。このあたりの子どもたちはたいていその幼稚園にかよっていたから、遊んでいる子どもたちは、その園長先生が通るのを見ると、みんな挨《あい》拶《さつ》しておじぎをした。

ぼくのきょうだいはだれも幼稚園には行っていなかったが、いつも家の前を通るから顔見知りであった。名まえは知らないから、園長先生でとおしていた。

この園長先生は、背の高いドイツ人の牧師であった。ぼくらが、川の上に伸びている大きな桜の木に登って遊んでいると、下から、

「アブナイカラ、オリテキナサイ。オチルト、タイヘン」

などと、注意して通る人だった。

あるとき、一人の見知らぬ男が脚立《きゃたつ》をもってきて、家の前の桜の並木の葉っぱを摘《つ》んでいたら、通りかかった園長先生が立ち止まって、「ナニ、シテイマスカ」とたずねた。男が、桜餅《もち》をつくるのに使うのだと説明したら、

「アーソーデスカ。サクラノハッパデツツムカラ、サクラモチデスカ」

と感心していたが、その様子《ようす》があんまりおかしかったので、そのときの口調《くちょう》は、しばらく近所の子どもたちの間でくりかえし真似《まね》された。

ところでその日、うなだれて歩いていく園長先生の姿には、まるで生気がなかった。通りすぎてしばらくしたら、だれかが、

「かわいそうに……。ドイツが戦争に敗《ま》けて降伏《こうふく》したからだよ」

とつぶやいた。ぼくたちは、戦争に敗けるって、あんなふうになるものかな……と、その後姿《うしろ》を見送っていた。（ずっとあとになって、この年の四月三十日、ヒトラーが自殺し、つづいて五月七日、ドイツ軍が無条件降伏したことを、ぼくは知った。）

はじめて見た敵機

七月の末に、中学校の運動場の一隅《いちぐう》に、各自が一人ずつ退避《たいひ》して入るための〝蛸壺型《たこつぼがた》〟の防空壕《ぼうくうごう》を作ることになった。生徒たちは、家から鍬《くわ》とかスコップをかついできて、ヘソのあたりまでの深さに穴を掘った。しゃがむと、ちょうどからだがかくれるくらいの深さだった。

そのあと、この穴に蓋《ふた》をとりつけるように命じられた。それは、穴の周囲に何本かの杭《くい》を打ちこみ、上に板を渡してカムフラージュのために掘り出した土をのせ、一部を蓋のように開閉《かいへい》できるようにして、その上にも運動場から切りとってきた芝生《しばふ》などをのせるのだ。蓋といっても、ちょうど漬《つ》けもの樽《だる》のそれのように、板きれを何枚か桟《さん》で綴《と》じつけた程度のものである。

その材料の杭とか板を、各自が家から持ってくるように、と言われた。ぼくは母の生家《せいか》の物置《ものおき》から、それらの材料を持っていくことにした。そこから中学校まで五、六分しかかからない距離にあったし、だいいち、ぼくの家には、それに適した材木がなかったからだ。

母の生家では、二年まえの夏に戸主《こしゅ》の叔父が出征して、結婚してまもない叔母が、二歳そこそこの子ども（ぼくには従兄弟《いとこ》）と住んでいた。しかし、食糧や生活物資はだんだん乏《とぼ》しくなってくるし、女こどもだけで住むのはなにかにつけて大変だというので、三、四カ月前から、呉羽山《くれはやま》を越えた向こうの村にある叔母の実家《じっか》に帰っていた。

叔母と赤ん坊の従兄弟《いとこ》が、別れの挨拶《あいさつ》に来たとき、ぼくと弟が赤ん坊のご機嫌《きげん》とりのために走らせてやった、ネジで巻いて走らせる電車が気に入って、どうしても欲《ほ》しいとせがむので、それをおみやげにあげたことを覚えている。その電車は、直径一メートルほどの円形につないだレールの上を、結構いい格好《かっこう》をして走るものだった。

疎開したあと、無人《むじん》では不用心だというので、相談して、家を、人に貸していた。

その朝、ぼくはいつもより早く家を出た。母の生家に寄り、物置から六尺（一・八メートル）ほどの板を二、三枚と、杭に使う材木を出してもらい、それを荒縄《あらなわ》でしばって、かついで学校に向かった。

肩に材木の角があたって痛い。それに、長い材木と、肩にかけた鞄《かばん》とがうまくバランスがとれず、学校までほんの短い距離なのに、途中で何度も休み休みして運《はこ》んでいった。

材木を立てて、ホッと一息《ひといき》いれて空を仰ぐと、晴れわたった深い青空に、小さな徽章《きしょう》(バッジ)のように銀色に輝きながら、二機の飛行機が飛んでいるのが見えた。

——きれいだなあ

と眺めながら汗を拭《ふ》いていると、かすかに爆音がとぎれとぎれに響いてきた。その音の具合から、ずいぶん高くを飛んでいるのだなあと思った。とにかく、こんなに美しくキラキラ光っている飛行機を見るのは初めてだった。

また材木をかつぎ直してしばらく歩いていると、遠くの空で雷《かみなり》の音がとどろいた。飛行機が飛んでいった方角からだった。こんなによく晴れているのに……と、一瞬ふしぎな気がした。

登校時刻は九時である。遅れないように、少し急ぎ足で歩いていると、空襲警報《くうしゅうけいほう》のサイレンが鳴った。しかし、ぼくは材木をかつぐのに夢中で、それほど気にもとめなかった。それまで、警戒警報《けいかいけいほう》にしろ空襲警報にしろ、サイレンが鳴っても実害がないので、慣《な》れっこになっていたのだ。

その日の昼ごろ、海岸沿いの岩瀬という町が敵機の爆撃を受けたという話を聞いた。時間は今朝《けさ》の九時ごろ、B29がたった二機で襲来したという――!?

するとと、今朝の〝青天の霹靂《へきれき》〟は、敵機の爆撃の音だったのか――。これが、ぼくがB29を見た最初の光景であり、富山の街《まち》が敵機の爆撃を受けた最初であった。

家に帰ると、隣家の加川さんの弟の正平《しょうへい》さんが、勤労動員に行っている工場の門の前で、

「とにかく、バラバラになった人間の手や足が飛んできたのを見たぜ、もう少し近かったら、ぼくも命がなかったかもしれんよ、危なかった」

と話しているのを聞いた。バラバラになった手足が降ってくる光景を想像して、からだが冷めたくなった。

ずっとあとになって知ったことだが、この七月二十日の爆撃について、『富山県警察史』は、次のように記録している。

――おりから朝の出勤時で、路上は人であふれ、爆風に飛ばされたり、倒壊家屋《とうかいかおく》の下敷きになって死んだもの四十七人、重軽傷者は四十余人に達し、また住宅二戸、飯場《はんば》二棟《むね》が火災を起こして焼失《しょうしつ》し、住宅五十戸、飯場四棟が損壊《そんかい》した――。

しかし、当時はもちろん、ぼくたち子どもは、いや、おとなでさえも、そのような情報については何ひとつ知らされていなかった。

この日から六日後の朝には、やはりB29爆撃機がやってきて、いくつか郊外《こうがい》に爆弾を落とし、家屋や人命に多くの損害を与えた。この情報もずっとあとになって知ったことで、そのときは当事者以外、だれも知らなかった。

しかし、なんとなく不安な噂《うわさ》は広まっていたらしい。これが直接の原因ではなかったかもしれないが、七月も終わりに近づくにつれ、富山の街《まち》が空襲を受けるかもしれない――という噂が急速に真実味を帯《お》びて語られるようになっていった。

東京や大阪や、名古屋などで空襲を受けた人たちの話が紹介され、あわただしく疎開《そかい》をしたり、いろんな器物を庭に埋めたり、各家庭の庭に防空壕をつくったりすることが、いよいよ急ピッチで進められるようになった。

ぼくの家でも、どこで手配したのか荷馬車が用意されて、いろんな道具や家具類を疎開させることになった。

二階の座敷から畳を十四枚はずして荷台のいちばん下に積み並べ、その上に階下の座敷にあった大きな紫檀《したん》の机、玄関を上がったところにあった金箔表装《きんぱくひょうそう》の孔雀《くじゃく》図の衝立《ついたて》、井波《いなみ》彫刻《ちょうこく》の〝松にかささぎ〟が彫《ほ》ってある各一間《いっけん》の欄間《らんま》一対《いっつい》、六双一曲《ろくそういっきょく》の金屏風《びょうぶ》、松村渓月《けいげつ》描く〝韓信股《かんしんまた》くぐり〟の掛図《かけず》、金蒔絵《まきえ》の三段重ね大重箱を入れた桐《きり》の箱、母が嫁入りのとき持ってきた長持ちに客用ふとんをつめたもの、衣類をつめた柳行李《やなぎごうり》が三個——等々が積まれて、叔母の実家の呉羽《くれは》へ向けてものものしく出発したのが、七月の二十日過ぎの一日だった。

また、庭の真ん中にあった赤松の根もと近くの、庭石のすぐそばに、父が大きな穴を掘り、以前は座ぶとんを入れていた木の箱に、いろんな陶磁器《とうじき》類をつめこんで埋めたのも、これと前後するころであった。

敵機がまいていったビラ

ぼくが学校の近くで初めてB29を見た日から一週間ほどしたある夜、空襲警報が解除されたあとも、東の方の空に、ボオーッと無気味《ぶきみ》な灯《あか》りがただようようにして浮かんでいるという知らせを聞いた。表に出てみると、たしかに、ふしぎな明るさである。

いつも、家の中の灯りはことごとく制限され、とくに警報のサイレンが鳴れば、電燈《でんとう》は前の六畳間一つだけにしてあとは全部消し、しかもその電燈のまわりには黒いきれがかぶせられて、家族は全部そこに集まった。さらに、その六畳間の周囲には遮光紙《しゃこうし》という表側が黒い紙を簾《すだれ》のように垂《た》らして、明かりがホンのちょっとでも外に洩《も》れないように、細心《さいしん》の注意をはらっていなければならなかった。そのうえ、それがきちんと守られているかどうか、隣組《となりぐみ》の人たちが交代で見張り、警戒をしていた。

じっさい、燈火《とうか》管制《かんせい》発令中の、みんなが息をひそめている最中に、ぼくの父が煙草を喫《す》っていたことがあって、その光がどこからか洩れたといってきつく注意されたこともあったのに、あんなに煌々《こうこう》と灯りをつけているなんて非常識ではないか。しかも上空だから、街のいろんなところが、みんな見えてしまうのに……と、とても気になった。

と、そのうちに、あれは照明弾にちがいない――敵の爆撃の目標になるわけだから日本軍のものではなさそうだ、きっとアメリカ軍のものだろう、だから、いつまでもただよっているのだ、とだれからともなく言い出して、みんなも、そうだそうだ、とうなずいた。

そして、その夜だったか翌日だったか、その照明弾のもとにアメリカの偵察《ていさつ》機からビラが撒《ま》かれ、どこかの里芋《さといも》畑にまで落ちてきたが、憲兵《けんぺい》がやってきて一枚残らず拾い集めて行ったそうな、ということを聞いた。

そのビラの内容は――表にアメリカのトルーマン大統領（その前の大統領ルーズベルトは、ドイツが降伏する少しまえの四月に亡くなっていた）がふんぞりかえって人力車《じんりきしや》に乗っていて、その人力車の梶棒《かじ》を曳《ひ》いている日本の天皇陛下《へいか》の絵が描かれていたという。天皇陛下は支那（中国）の苦力《クーリー》のように三角の小さな菅笠《すげがさ》をかぶっていたそうだ。

ビラの裏には、「日本は早く降伏した方がいい。無益な戦争は一刻も早く終わらせるように――」と書いてあったという人もあれば、「近く富山の街を空襲するから、市民のみなさんは早く逃げなさい」とあったと、見て来たように言う人もあった。

そういう噂のあとで、「それにしても、天皇陛下が人力車を曳いているとはねえ、アメリカも、なんということを……」と、怒った口調《くちよう》でいう人もいたが、でも、戦争をしているのだもの、しかたがないよ、相手を悪くいうのは同じだと思った。

日本だって、ルーズベルト大統領やイギリスのチャーチル首相、そして中国の総統《そうとう》、蔣《しよう》介石《かいせき》のことをどんなふうに描いていたか――文化映画やニュース専門の映画館で見た、漫画映画に出てくる三人は、こんなふうだった。

――日本人の男の子が山道をやってくる。すると、大きな蚊《か》が飛んできて邪魔をする。それを退治《たいじ》すると、その蚊の顔がルーズベルトの顔になって、これがすなわち〝アメリ蚊〟

というわけである。そのあと、なおも男の子が山道を行くと、小石が落ちてきたり、木の実が落とされたりする。犯人はイギ栗鼠《リス》で、小石を投げてこらしめると、このリスは白旗を掲げて降参《こうさん》するのだが、その顔がチャーチルの顔になる。どんどん行くと、大きな石が道の真ん中にすわっていて行く手をふさいでいるので、大きな棒をテコにしてこの石をひっくり返すと、石は蔣介石の顔になって谷底に落ちていく――三つの邪魔ものを排除《はいじょ》して男の子（日本）は胸をはって山道を進んでいく。めでたし、めでたし……。

もっと戦争が激しくなったころ、富山の駅前広場には、地面に白ペンキで、アメリカのルーズベルト大統領とイギリスのチャーチル首相の大きな似顔絵が描かれていた。そのそばに、そこを通る人はその顔を憎《にく》しみをこめて踏《ふ》んで行くように、という説明があった。子どもばかりでなく、多くのおとなたちも、〝米英撃滅《べいえいげきめつ》〟の思いをこめて、その似顔絵の上を力強く踏みつけて通っていた。

だから、天皇陛下が人力車を曳いているというのも、アメリカなら考えることかも知れなかった。

アメリカやイギリスは人間ではなかった。〝鬼畜《きちく》米英〟だと教えられた。つまり、鬼や畜生《ちくしょう》（動物）と同じだというのである。こんな鬼畜が、〝神の国〟である日本と戦争しているのがけしからんのだ、といつも言われた。
けしからん、と言っていても、そのうち、そう遠くないうちに日本中は空襲され、爆撃され、やがてアメリカ軍も日本へ上陸してくるかもしれない――。でも、最後の一人になっても、日本人なら立派《りっぱ》に戦わなければならないのだ、武器がなくても、竹槍《やり》を使ってでも――。これが日本国民としてのつとめである、というのが、それこそ、そのころ日本に残っていた女や子どもや老人たちに教えられていたことであった。

遅かれ早かれ、日本人は一人残らず死ななければならないことだけは確かであった。男は、兵隊になって立派に戦死する。そして、銃後(国内)に残った者も、ついには立派に死ぬ――玉が砕《くだ》け散るように死ぬことが、日本人として果たすべきことだと言われていた。じっさい、沖縄では、多くの人々がそのようにして戦って死んだのだ、とも聞かされた。

防空壕《ぼうくうごう》の中

それから二、三日して、八月一日から中学の一学期の期末試験がはじまった。今なら当然、もう夏休みに入っているのだが、その当時はおとなも子どもも、兵隊さんと同じように一週間は〝月月火水木金金〟と思って、土曜も日曜もなく頑張らねばならぬ、ということだったからだろうか、ずいぶんゆっくりと期末試験になったものだ。

その八月一日の夜、警戒警報のあと、十時すぎに空襲警報のサイレンが鳴りわたった。川向こうにあった大きなガスタンクは、どこかにガスを放出するのか、空襲警報が鳴ると低くなるのだった。そのころは、家族はみんな、つい先ごろ前庭につくられた防空壕《ぼうくうごう》に入ることになっていた。

防空壕といってもそれほどご大層なものではなく、長さ三〜四メートル、幅が二メートル、深さ一・五メートルそこそこの穴を掘った周囲に数本の柱を立て、その上に張り板や戸板などを渡し、ゴザをかけて、その上に二〇〜三〇センチほどの土を盛っただけの、半地下式のトンネルみたいなものだった。

あまり警報の時間が長いので、防空壕の中に小さなケヤキの机を持ちこんで、それを腰掛け代わりにして警報が解除《かいじょ》されるまで待機していた。

そのころになると、毎晩、一晩のうちに何度も警戒警報のサイレンが鳴るので、みんなは着のみ着のままで寝ていることが多かったし、銭湯《せんとう》は昼間だけ、しかも燃料節約のために指定された日しかやっていなかったので風呂《ふろ》にも満足に入れず、からだや頭に虱《しらみ》をわかしていた。

食べものも十分ではなく、脂肪《しぼう》や蛋白質《たんぱく》もめったに食べられず、いつも腹をすかしてひもじい思いをしていたし、小刻《きざ》みにしか寝られないので寝不足気味だったから、からだも衰弱《すいじゃく》していたにちがいない。垢《あか》だらけで、しょっちゅうポリポリとからだを掻《か》いていた。

石けんというものも一年半くらい前から不足していた。新聞にも、「石けんがなければ、灰汁《あく》を使って清潔にしよう」という衛生関係者の談話がのったりしていた。

銭湯へ行けば、湯船《ゆぶね》につかるときに、めいめいが自分のタオルと石けん箱を持って入っているくらいだった。洗い場に置いておくと、たちまち盗まれてしまうからである。石けんは、それほど貴重品であった。

だから、洗濯《せんたく》もいまほどひんぱんでなく、衣服もとりかえず、着のみ着のままだったから、肌着《はだぎ》の縫《ぬ》い目のかげには虱がひそんでいたし、虱の卵がビッシリついていた。男の子はみんな丸坊主《ぼうず》だったが、女の子の長い髪にはアタマシラミがついている人が多かった。

でも、みんなは、自分だけはそんなことはないという顔をしていたらしく、ある日学校で、髪から一匹、虱が落ちて首すじを這《は》っているのを見つかった女の子が、みんなに笑われて恥ずかしい顔をしていたことがあった。

そんな状態になっていても、おとなたちはもちろん、子どもたちだって、戦争に勝つまでは……と頑張っていた。二、三歳の小さな子どもも、灯《あか》りもない、狭くるしくて湿《しめ》っぽい防空壕の中で、おとなしく警報が解除になるのをじっと待っていた。

その夜もかなり長いことたって、空襲警報が解除になった。

「やれやれ、やっと寝られるか……」と、みんなは家の中に引き揚《あ》げ、それぞれの寝床にころがった。小さい妹たちはがまんしきれなくて、すでに眠りに落ちていた。

燃えあがった街《まち》

ところが、その夜はいつもと違っていた。再び空襲警報のサイレンが鳴りわたると、敵機らしい編隊の爆音がとどろいた。それは、腹にひびくような轟音《ごうおん》だった。

たたき起こされて、またみんな、庭の防空壕にもぐりこんだ。ずいぶんたくさんの飛行機のようだ。敵機の爆音は、地面の底からも聞こえてくるようだった。歯がガチガチと鳴った。

「あ、燃えている。五福《ごふく》（町の名）じゃないか……」

「あ、あ、ずいぶんひろがった……」

「畜生《ちくしょう》め、えらく景気よく落とすじゃないか……」

外で口ぐちに言う声が聞こえるので、みんなしてかわるがわる防空壕からのびあがってのぞいてみた。西の呉羽山《くれはやま》のこちらがわ、やや南の空が、たしかに燃えて真っ赤になっている。とうとう、富山も空襲されることになった……。噂《うわさ》はやはり、本当だった……。

「夜の火事は距離が分からないから、駅の近くかもしれないよ。もしかしたら愛宕《あたご》のほうじゃないかしら……」

母がつぶやいた。自分の生家がその方向にあるから、心配して言ったのだろう。そう言われれば、そうかもしれない。

「……そうだとしても、二三《ふみ》ちゃんや顕《あき》ちゃんがいないのはよかった……」

叔母や従兄弟《いとこ》は、呉羽山を越えた向こうの村に疎開《そかい》していたから、母は何度もくり返して不幸中の幸いをよろこんでいた。ぼくは、従兄弟にあげたネジ巻き電車のことを思い出した。〈あれも、真っ先に焼けたのかなあ〉と。

まもなく、火の手は同じように、あちらの空、こちらの空とひろがって、またたくうちに、見えている空の、西から南にかけて、一面の火の海になってしまった。

富山の空襲も、三月十日の東京の本所《ほんじょ》や深川《ふかがわ》などのときと同じように、街《まち》の周辺から、まず攻撃をはじめたのだった。防空壕《ぼうくうごう》からとび出して眺めると、どの方向も、空は真っ赤に燃えていた。

そして、白っぽい、雲とも煙ともつかないものが、燃えあがった空の周辺から頭の上までひろがって漂《ただよ》い流れ、その雲間を縫《ぬ》って、意外な大きさで、ぬうーっとB29があらわれたり、また消えたりしているのが見える。B29から投下される焼夷弾《しょういだん》なのか、パラパラッと黄色い針のような火の粉が降りそそぎ、その下の空が、ところどころ、また激しく燃えあがる。

もう、防空壕の中でおとなしく待機《たいき》しているわけにはいかなかった。父と母は、あわただしく何度も家に入って、非常用持ち出しの包みをしばり直したり、ぼくら上の子どもたちにも、次々と持って逃げるものを指示したりした。

「こういう時こそ、日本国民の底力を見せるときだァーッ」

と、隣家の加川さんの東京の大学へ行っているお兄さんが大声で叫んでいる。夏休みで帰ってきているらしい。

「ぼくは東京で何度も空襲にあっている。九十九里からやって来た艦載機《かんさいき》の襲撃を受けたこともあるぞ！　いまこそ、力を入れて踏《ふ》ん張れぇ！」

と、自分自身をも元気づけるように、燃える空に向かって大きく四股《しこ》をふんでみせた。そのあと、すぐに、

「……あんまり頑張って、サルマタが破れちゃっちゃしようがない」

とおどけてみせたが、小さな子どもたちがケラケラ笑っただけだった。

爆音の合い間に、ドーン、ドーンという音がひびいて、いよいよ燃えている空が頭上《ずじょう》にひろがっていく。

「冷蔵会社もやられたそうだ――」

「藤園《とうえん》女学校も焼けている――」

「かもめ橋も、もう渡れないぞ――」

火の手から逃《のが》れ、郊外《こうがい》へ向かって家の前の道を走っていく人たちが、大声で知らせてい

く……。

かと思えば、バラバラと逃げていく人たちとは反対に、逆に燃えさかる町のほうに向かって、狂人のように大声で喚《わめ》きながら走っていく人もいる——。

〈何か忘れ物でもしたのだろうか〉

〈そんなこと気にしないで、真っすぐに逃げればいいのに——〉

〈でも、よほど大事なものを取りに戻るのだろう……〉

炎の照り返しをあびながら家の前を駆けぬけていく人たちの群《むれ》を、ぼくは夢の中の光景を見るように眺めていた。

赤い川

気がつくと、いつのまにか、あたり一面ごうごうと烈《はげ》しい風が吹いている。熱風だ。いつか、父か母かが、「大火事になると、風が巻き起こって、龍巻《たつま》きができる——」と言っていたのをチラと思い出した。

空には、あちらにもこちらにも、花火のように次々と火の粉が降り、飛び散り、砕けながら、街の屋並みの影の上に、火の手をひろげていく……。

「私らは先に行くから、あとから来てね」

とうとう母は、父とぼくだけを残して、子どもたちをみんな連れて、逃げ出すことになった――。

「なんという目に逢《あ》うことやら――」

家の前を逃げていく人々は、ぼくらの姿を見ると、口ぐちに声をかけていく。

「地獄だ、地獄だ――」

「あんたたちも、早く逃げなさいよ」

そう言ってくれる人もいた。

南側と西側の町はすっかり燃えあがり、火の手もずいぶん近くなってきた。気がつくと、いつのまにやら北側の町並みも、すっかり炎《ほのお》に包まれていた。

残るところは東側しかない。家の前を流れている赤江川の上流のほうに、わずかにまだ燃えていない黒い空があった。川に沿って、かなり先まで人家がなかったから、逃げる人人はほとんど、その方面をめざしているようだった。つい二、三日前、無気味《ぶきみ》な照明弾が光っていた空の方向だ。

日ごろ、「お宅は子どもさんが多いから、もし空襲になって逃げるときが来たら、いっしょに逃げましょう。いつもお世話になっているのだから、何かお手伝いしなくちゃね」と言っていた隣りの加川さんの小母《おば》さんの家は、いつのまにか一家じゅう誰もいなくなっていた。

そういえば、家の前の道を逃げて行く人も、もうあまりいないみたいだ。

燃えるような熱い風はいよいよ強くなってきた。その風の中を、何だかわからない黒い大きなかたまりが、吹きとばされていく。これが、いざというとき日本を助けるために吹くと聞かされていた〝神風〟なのだろうか……？

見上げると、B29が何機も真っ白な機影を見せて、グライダーが空をすべるように、右に左に、ゆうゆうと飛んでいる。びっくりするほど大きい。

そしてまた、バラバラッと焼夷弾《しょういだん》を降りまいている。赤や、青や、黄色の火花が光る。

ぼくらは、赤いのは油脂《ゆし》焼夷弾、黄色いのはエレクトロン、そして青いのは黄燐《おうりん》焼夷弾だと教えられていたが、そんなことはもうどうでもよかった。

焼夷弾が落とされたら、すぐバケツで水をかけ、砂袋を投げつけ、〝火叩《ひたた》き〟で揉《も》み消すように――と、各家にはそれらの道具を用意させられ、何度も隣組《となりぐみ》の人たちが消火訓練をしていたが、誰ひとりそんなことをしている様子もない。火叩きというのは、竹の棒の先に長さ三十センチくらいの荒縄を十数本くくりつけただけの、はたきの化物みたいなものであるが、そんなもので消えるような火ではなかった。

とにかく、空から一面に火の粉をまき散らされ、ごうごうと鳴る熱風にのって、富山市内はどこもかしこも燃えに燃えている――。

家の前の赤江川は水幅が七、八メートルで流れていたが、その水も燃える空を映して真っ赤に映《は》え、川に入った人々がその中を行くと、キラキラと波立った。そのうちに、上流から火のついた荷物が流れてきた。川上といえば、みんなが逃げた方向ではないか――。

やがて、その東の方の空も、薄赤く染まってひろがってきた。だめだ、逃げ道がなくなってしまう……。

脱　出

二、三人、また一人……と駆け出して行った人影を最後に、とうとう家の前の道は誰も通らなくなってしまった。

ふいに、富岩《ふがん》道路の橋のそばが、パアッと大きく燃えひろがった。ドドドドドッと地ひびきがつづいて、閃光《せんこう》がつづけざまに十数回光る。いつも行っていた銭湯《せんとう》のあたりだ。

「お父さん！　もうだめだ、逃げよう！」

ぼくは、歯をガチガチ鳴らして走り出そうとした。真夏の夜、熱い風の中なのに、ふしぎに全身がふるえた。

「ふとん、とってきたほうがいいぞ！」

父が叫んだので、家の中へふとんを取りに戻った。そんなときでも、ふだんしつけられていたようにキチンと靴を脱《ぬ》いでそろえた。

火事の照り返しで明るかった戸外から飛び込んだ家の中は真っ暗闇《やみ》で、ぼくは立ちすくんだ。するとそのとき、近くに焼夷弾が落ちたのか、バリバリッとものすごい音がして、障子《しょうじ》の向こうが一瞬明るくなり、ぼくらの寝床がはっきり見えた。「蒙古《もうこ》襲来」のふとんの絵柄が目に入った。ぼくのふとんだ。駆け寄ると、両手でかかえ、大急ぎで飛び出した。防空頭巾《ずきん》の上からさらにそのふとんをかぶって片手で押さえ、右の肩には学校の鞄《かばん》、左の肩には米が二升（約三キロ）くらいと救急用具などの入った雑嚢《ざつのう》を十文字にかけて、片手には水のいっぱい入った大きな薬罐《やかん》を持ち、みんなが逃げた東の方に向かって走った。

後から吹きつける烈《はげ》しい熱風のために、片手で押さえているふとんがあおられて、吹き飛ばされそうになるので、途中で何度か立ち止まり、掛け直しては、また走った。

その最中のこと――。川の向こう側の道を逃げている自転車の人影が見え、金属の部分がチラッと光った。たちまち、そこをめがけて、鋭い光の矢がつるべ打ちに撃ちこまれる。と、動いていた影が見えなくなった。

熱い風、そして煙が吹きつけてくるので、目をあけていることもできない。何度目か、ふとんを掛け直そうと立ちどまったとき、大きな火の粉のかたまりが、ぼくをめがけてウワーッと飛んできた。危うくそれをかわして、あたりを見まわすと、川沿いに植えられた桜の並木の幹に火の粉がへばりついて、チカチカ明滅《めいめつ》している。ぼくのふとんの上にも、赤い火の粉が光っていた。あわてて薬罐《やかん》の水をかけたとたん、薬罐のふたが落ち、どこかへころがっていった。

ふたたび走りだす。熱風が顔に吹きつける。熱い。ちょうど、ヘア・ドライヤーを全開にして顔に近づけたみたいだ、といったらいいだろうか。水をかけたふとんも、たちまちパカパカに乾いた。焦《こ》げくさい臭いが鼻をつく。

父が、ぼくの前を走っていたのか、後から走ってきていたのか、まったく覚えていない。声をかけ合ったかどうかも記憶がない。ただ無我夢中で、ぼくは走った。必死で走っているのに、火の粉のほうが、ぼくより先に飛んでいく。いくつも、いくつも……。

悪　夢

ずいぶん走ったような気がしたが、じっさいは二〇〇メートルくらいのものだったろう。

そこは、ぼくらが冬にスキーをして遊ぶ田んぼのところだった。

「お父さん！」

「にいちゃん！」

だれかが、ぼくを呼んだ。必死の声だった。土手の下に、先に逃げたきょうだいたちの姿が見えた。

「お母さんが……」

「……死んじゃったァ！」

泣きながら、口ぐちに叫んでいる。ぼくと父は、きょうだいたちをめがけて土手を滑《すべ》り下りた。

「……死んじゃったァ」

何がなんだか、わけがわからない。みんなが指さす方、少しはなれたところに、女の人らしい人影が倒れていた。死んだ？　誰が？　ほんとうか？

——直撃弾《ちょくげきだん》
——血だらけ
——頭に当たって、即死

そんな言葉が、いちどきに耳に入った。

父とぼくは、倒れている人影のそばへ駆け寄ろうとした。

「危ない！　逃げろ！」

だれかの鋭い声がした。動かない人影のすぐ近くの路面に焼夷弾が落ちてきて、火柱がはねかえった。つづいて二発、三発！

ぼくは反射的に父の洋服をつかんで引きとめ、弾《はじ》かれたように重なって、風下《かざしも》になっている田んぼのくぼみに転がりこんだ。

気がつくと、うちの家族だけでなく、ずいぶんたくさんの人々が、そこに避難してへばりついていた。

ときどき、しぐれのように焼夷弾の雨がすぐそばまで降ってきて、火花をはねかえすので、その田んぼのくぼみから一歩も動くことができない。人々は互いに名を呼び合ったり、励まし合ったりして、田んぼの泥水をときどきかけながら、じっと耐えていた。

爆撃が始まったのが十二時過ぎてまもなくだったと思うが、それからどのくらいたったものか。ぼくの家は家並《やな》みのはずれから二軒目で、しかも大きな二階家だったから、ときどき頭をあげて家のほうを見ると、その黒い影が見えた。家はまだぶじだ。そう思うと、なんとなく安心した。

しかし、ついにぼくの家にも焼夷弾が命中したらしい。下から火の手があがり、みるみる焔《ほのお》につつまれて、ちょうど大輪《だいりん》の牡丹《ぼたん》の花が散るように、大きくくずれ落ちていくのがはっきり見えた。二時半すぎくらいでもあったろうか。

——ああ、やっぱりだめだった……。

でも、ぼくらはだれも無言だった。煙と熱風と、寝不足で、目はくしゃくしゃになっていたが、涙は出なかった。いや、涙が流れても、熱い風ですぐ乾いてしまうのだった。

夢ではないか——。空襲が始まってからのことが、どうしても信じられなかった。頭のシンがきしむように痛んだ。

遺体のそばで

早い夏の朝が白みはじめるころ、ぼくのすぐ左隣にいた若い母親が、おぶっていた赤ん

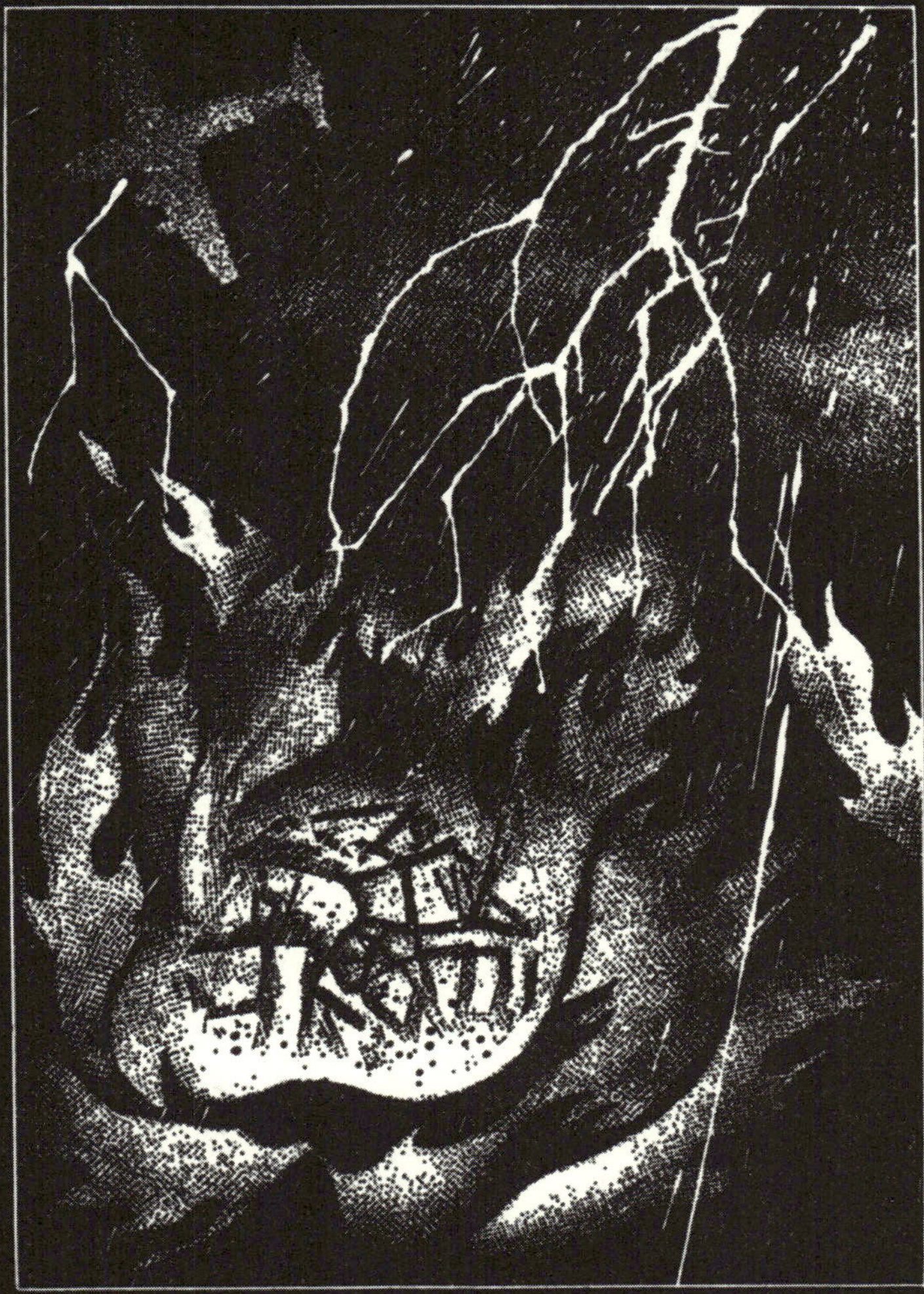

坊が息絶えていたのに気づいて、しきりに名を呼んでは、泣きながら赤ん坊に謝《あや》まりつづけていた。しかし、そういう姿を見ても、ぼくの感情はどこかへ行ってしまったのか、ただぼんやりと見つめているだけだった。

あたりがようやく明るくなったころ、市街はすっかり燃えつきてしまったらしく、ごうごう吹いていた風もいつの間にかおさまった。そういえば、あの憎らしいB29の姿も見えなくなっていた。

倒れた母のそばにしゃがんで、父とぼくはもう一度、姉の話を聞いた。たしかに母の頭には、直撃弾が命中していて、母の頭はバックリと柘榴《ざくろ》の実のはじけたように割れていて、噴《ふ》き出した血が、どすぐろく髪の毛や顔にこびりついていた。

やがて、地上は一面どこもかしこも焼け野原となったのに、いつもと変わらない姿で、美しい太陽が静かに立山連峯《たてやまれんぽう》の上に昇ってきた。それとともに、きれいに晴れた青い空が、深みさえ見せてひろがっていった。どこにも、雲のかけらひとつなかった。

すっかりあたりが明るくなってから、一キロと離れていない化学工場が大きな爆発音をひびかせた。二つ、三つ、火の玉が、もくもくと立ちのぼり、ゆっくりと上空へ吸いこまれていった。それが最後の大きな火のかたまりだった。

姉とぼくのすぐ下の妹は、どこかでオシッコをしたいと適当な場所を探しに行ったが、かなりしてから戻ってきた。どこにも人の目があって、恥ずかしくてダメだとささやき合っていた。仕方がないので、モンペをはいたままましゃがんで用を足したらしい。

じっさい、明るくなってみると、思わぬ物蔭にも、どこにもかしこにも、逃げ出した人人が三々五々、気抜けした表情でしゃがみこんでいたり、あたりをゴソゴソ動きまわったりしていた。

ぼくら一家も、母がすぐ近くに倒れているので、そのあたりから動けなかった。母の上に射《さ》す陽《ひ》の光がいかにも暑そうだったから、せめてもと、ぼくは一晩じゅう自分がかぶっていたふとんを母に掛けてあげた。

ぼくたち七人の子どもには、それぞれ布地や模様を違えて、みんなに防空頭巾《ずきん》を作っていたのに、自分のだけはまだ作っていなかった。父は戦闘帽の上に、隣組で強制的に買わされた鉄かぶとをかぶっていた。

「なあに、私には神様がついてちゃんと守ってくださるから、防空頭巾がなくても安心」

そう言っていた頭をめがけて、よりによって焼夷弾が命中するなんて——！

しかもそのとき、母は、下から二番目の三歳半の妹をおぶっていたのだ。姉たちの話によると、いっしょに逃げながら走っていたとき、はざま橋のそばまで来ると、母は急にバッタリと仰向《あおむ》けに倒れたのだという。駆け寄って、ゆすっても、たたいても、もうなんの反応もなかった。だが、なおも焼夷弾は降ってくる！

下敷きになって、血しぶきを浴びて泣き喚《わめ》いている妹を、とりあえず急いでおぶい紐《ひも》をほどいて引っぱり出したのだそうだ。わずか頭一つの差！　一番末の妹は当時生後十八カ月だったが、これは姉がおぶっていた。

明るくなって、血しぶきを浴びた妹は、濡《ぬ》れた手ぬぐいで血をふき取ってもらった。かなり後まで、この妹は、人からきかれると、「飛行機ブーン、お空がババーン。かあさん、ねんね」と歌うように言いながら、両手を合わせ、自分のくびをその上にかしげてのせてみせた。「ねんね」のところは「のんのさん（仏様）」になったりした。

井戸水だけが生きていた

太陽がかなり高くなっても、煤《すす》ぼけて泥まみれのまま、ぼくら一家はぼんやりと、そのあたりにうずくまっていた。

とにかく、時間の観念《かんねん》がまったくなかった。頭の中も、まったく空《から》っぽだった。

ぼくたちのしゃがみこんでいる前を通って、焼け跡のほうにもどる人たちもあった。

しかしすぐに、多くは子どもたちが、「熱くて、とてもダメだ」と、また田んぼや畠のほうにぞろぞろともどって来た。

はぐれた者どうしがめぐり合って喜んでいる人たちもいた。しきりに、自分の知り合いについてたずね歩いている人もいた。

——いろんな姿の人影が、次から次へと、ぼくらの前を通って行った。しかし、どういうわけか、知った顔や近所の人たちはいなかった。

たしかに、焼けただれた市街は、まだ、ところどころ煙をあげてくすぶって、熱そうだった。ぼくらは暑い陽《ひ》の光を避けて、そのあたりはかろうじて残っている桜の葉陰の下に身を寄せて、あいかわらず、ぼんやりとすわりこんでいた。

そのうちに、市のトラックがやってきて、死んだ人たちを収容していくと言っている。母も、ぼくの掛けてあげたふとんごとトラックの荷台に乗せられて、どこかへ連れ去られて行ってしまった。もちろん、父が立ち会って、住所や氏名を告げたらしいのだが……。

＊

ずっと以前から、疲れと寝不足のために、木陰《こかげ》や土手の草の上で、ぼろぎれのようになって眠りこけている親子もいた。うちの小さな妹たちも、いつのまにか横になっていた。ぼくも、大晦日《おおみそか》に〝除夜の鐘〟を聞くために、かろうじて夜の十二時まで起きていたことはあるが、完全に徹夜をしたのは生まれて初めてだった。頭のシンがしびれてしまい、いつのまにかウトウトしていたらしい。

＊

「おお、あんたたちみんな、ぶじでよかったね。なによりだ……」

声に気がつくと、ここへ越してきてからずっと、つい四年ほど前まで家のお手伝いをしていた喜代《きよ》さんの夫である小父《おじ》さんが、自転車をひいて立っていた。建具屋《たてぐ》さんの職人で、軽い結核か何かで兵隊に行かなくてすんだと言っているのを聞いたことがある。痩《や》せた人だった。

ぼくの家から三十分ほど北の方の村の、精米所《せいまい》の真ん前に住んでいたのだが、ぶじだったという。

建具屋の小父さんは、急いで炊《た》いてきたといって、それこそ、その当時はめったにお目にかかったことのない、白米だけの〝銀シャリ〟のおにぎりを取り出して、ぼくらにくれた。その、ほの温かい、塩味のきいた、真っ白のおにぎりは、地獄でホトケというのはこのことにちがいない、と思われるほどありがたく、いつまでも忘れられない。

それからまたしばらくして、藤瀬《ふじせ》の茂美《しげよし》さんが、やはり自転車を押しながらやってきた。ぼくの中学校の、例の英語のアンパン先生である。彼は弁当箱に麦こがしの練ったのを持っていて、みんなに一匙《さじ》ずつ舐《な》めさせてくれた。懐かしい味だった。

そのときのことを、この茂美さんは、長いこと、次のように言っていた。

「あのときの叔父さんは、まるで〝腑抜《ふぬ》け〟のようだったぜ」

父だけではなかった。ぼくたちきょうだいも、みんなそのように見えたにちがいない。

12歳で母を奪われ

そう言われても仕方のない姿だった。

父といろいろと話しこんでいたアンパン先生は言った。

「どこへ行くあてもなかったら、とりあえず、うちの本家《ほんけ》へ行こう。あそこなら広いし、部屋もたくさんあるから、みんなを泊めても大丈夫だ……」

ぼくたちは、その言葉にしたがって腰をあげた。家の焼け跡に行ってみると、瓦や壁土みたいなものにガラスが熔《と》けて残っているだけで、あとは鉄の太い針金がところどころに見えるだけだった。その鉄筋《てっきん》は、梁《はり》に渡した材木の中に通したものだった。

井戸水だけが、生きもののようにこんこんと湧《わ》き出して、赤茶けた土の上を流れていた。父が逃げるとき持って出た水筒《すいとう》に、この井戸水をつめ、みんなは顔や手足を洗った。この水がゴクゴクとのどを通ると、いのちがもどったようだった。

瓦礫《がれき》の山は、うちだけではなかった。隣の家も、またその隣も……いや、富山の街《まち》じゅうが同じ様子だった。

庭にあった富有柿《ふゆ》の木も、昨年の秋、苗木を植えてから七年たって初めて実を一つつけたのに、跡かたもなかった。家の前の桜の並木も、葉っぱは一枚もなく焼けていたが、幹は焦《こ》げながら立っていた。

防空壕《ごう》の中をのぞくと、昨夜腰掛けがわりにしていたケヤキの机が、一本の脚と、その上の部分が焦げただけで、奇跡《きせき》的に焼け残っていた。といだ米を入れたお釜《かま》も入れてあったが、これは木の蓋《ふた》が焼けてしまい、中はすっかり消し炭《ずみ》だった。ほじくりかえすと、底のほうに、やはり消し炭になったじゃがいもがこびりついていた。

奇妙な行進

ぼくたちは、ただ一つ焼け残ったケヤキの机をひっくりかえして、そこに持って逃げた荷物や防空頭巾《ずきん》や、小さなふとんなどをのせて、めいめいが一本ずつ脚を持って、担架《たんか》のようにして、焼けただれた街《まち》の中を、藤瀬《ふじせ》の本家《ほんけ》へ向かって歩き出した。

それは、ふしぎな行進だった。

一歳半の妹をおぶった十四歳の姉と、自転車を押した茂美《しげよし》さんとを先頭にして、父とぼくと、ぼくのすぐ下の妹と弟が、それぞれ机の脚を持って、四歳と三歳の妹たちもちょこちょことそれについて歩いて行く――。ぼくは十二歳、妹は十歳の五年生、弟は八歳で三年生だった。

街の中はところどころくすぶって、まだ煙をあげているところもあったし、熱いところもあった。それに、何とも言えない、すごい臭《にお》いだった。

電柱が倒れかかり、電線の切れたのが道路の真ん中にまで垂れ下がっている個所が、いくつもいくつもあった。アスファルトの道路は熔《と》けて、波打ったり、ねじれたり、穴があいたり、石やコンクリートが埋まったり、焼夷弾《しょういだん》が突きささったりしていた。八月の午後はカンカン照りで、もちろん、どこにも木陰《こかげ》はなかった。

街全体がゆがんでしまったようだ。

よく使いに出されて歩いた街と、なんだか様子が違うのだ。ところどころにビルの残骸《ざんがい》と土蔵《どぞう》が残っているだけで、あとはまる見えなのだが、意外なところが近く見えたり、その反対に、思わぬところが遠かったりする。

茂美さんは、四歳と三歳の妹を交代で荷台のところへすわらせたりしたが、妹たちは怖《こわ》がって、すぐ降りたいという。自転車も、いつのまにかパンクしていたらしい。三年生の弟も、くたびれて、持っている机の脚をすぐはなしてしまう。ぼくだって、つ

12歳で母を奪われ

らいのだから、当然だった。

少し歩いては、机をおろして休む。といっても、どこにも日陰はない。カンカン照りの下、水の出ている井戸があれば、そこで水を飲むくらいだ。

腹がへってくるが、先ほどもらった銀シャリのおにぎりの残りは、一歳半の末の妹の分として取ってある。あとは、乾《かん》パンがいくつかと、小さな罐《かん》に炒《い》り豆があるだけだ。

「それじゃ、みんな休んで！　炒り豆を十粒ずつ食べてよろしい！」

と、茂美さんは、やはり先生口調であった。

こうして、ぼくらは何度も休み休みしながら、東田地方《ひがしでんじがた》から上《あが》り立町《たてまち》を通り、雪見橋を渡って通坊前《つうぼうまえ》（中教院前）へ出た。焼ける前は、そのあたりの左側の電柱にはずっと、「ケロリン」と書いた薬の看板《かんばん》が、西町《にしちょう》の角までつづいていた。

通坊前には、新富座《しんとみ》という、時には実演もやる映画館があった。長谷川一夫や坂東《ばんどう》好太郎の剣劇も来た。少女歌劇のレビューというのも、その看板で見たことがある。いつか母といっしょに歩いていたら、その案内看板を見て、

「あら、タツミリュウタロウが来るんだわ」

と、はずんだ声をあげていたと思ったら、その実演を、喜代さんのあと一年半ほどいた若

いお手伝いさんと見に行ったことがあった。下の子ども一人くらいを連れて出かけるのである。

タツミリュウタロウの実演に限らず、母は小さい子どもがたくさんいるのに、よく映画——そのころは活動写真といった——を見に出かけた。

「活動にやらせていただきます」

と、父にきちんと挨拶《あいさつ》して、夕飯のあと、お手伝いさんを連れて出ていくのである。ぼくらは、母の口から、バンツマだの、チエゾウだの、アラカンだのという名前を聞いていた。長谷川一夫が昔、林長二郎といったのだということも、母から聞いて知っていた。

新富座のあったあたりを通りながら、母が言っていたタツミリュウタロウというのは、きっと長谷川一夫や坂東好太郎や高田浩吉みたいに、いい男だったのだろうな、と想像していた。

街の中心部へ来ると、市電が焼けた残骸をさらしていた。

途中で偶然、六年生のときの担任の先生に会った。母が死んだことを告げると、先生は、

「お母さんはお国のために亡くなられたのだ。ガッカリしないで、しっかりがんばるんだよ。戦いはいよいよこれからだからな」

と、ぼくの肩に手をおいて励ました。

そうだ、悲しんではいられないのだ——と、また元気を出して、ぼくらは歩き出した。

このへんに「月世界」（菓子の名）の本店があった……、広貫堂《こうかん》（富山一の製薬会社）があったはず……と、次々に焼ける前の町並みを思い出しながら歩いたら、少しは空腹や疲れも忘れるような気がした。

でも、ほんとうにうんざりするほど、焼け跡はつづいていた。

弟や小さな妹たちも、黙々《もくもく》と歩いた。とうとう、炒《い》り豆は、三粒ずつくらいになっていた。でも、だれも泣いたり、グズグズ言ったりしなかった。昨夜からの異常つづきに、みんなそれなりに緊張してがんばっていたのだ。

姉がかよっていた県立女学校の前をとおり、南富山の駅を通り越して、市街地をはずれてしばらく行くと、道の両側に、青々とした田んぼが見えてきた。

ずぅーっと焼け跡を眺めてきた目に、その青い稲の葉のひろがりは、海を前にしたような解放感があった。あいかわらずカンカン照りの空であったが、広い田んぼの上を渡ってくる風は、心なしか涼しく、みんなをほっとさせた。

しかし、どこにも家らしいものは見えなかった。見渡すかぎり、どこまでもどこまでも田んぼがつづいているように思えた。

ぼくらと同じ方向に、やはりとぼとぼと歩いて行く人たちも、疲労と不安とで、途中の道端《ばた》で休んでいた。

焼けた街の中ではそれほど振り向かれもしなかったのに、まわりの風景がだんだんまともになってくると、お互いをジロジロと眺めまわしていた。

地平線くらいに見えた小さな森が近づいてくると、そこは村の入り口らしく、家が何軒かかたまっていた。

そういう森をいくつかすぎて、茂美さんは、はじめて「そろそろ見えてきた、あの森のあたりだ」と、遠くを指さした。日はようやく西に傾きかけていた。

やっと藤瀬《ふじせ》の本家《ほんけ》へたどりついたときは、長い夏の日もやっと暮れかかり、夕飯の支度《したく》の煙が夕もやの中にただよっていて、何か別の世界へ来たようだった。

考えてみれば、ここへたどりつくまで、なんと長い一日だったことか。そしてあまりにも多くのことが、眼の前で変わった。ぼくたちきょうだいの境遇《きょうぐう》は一変し、ぼく自身ももう以前のぼくではなくなっていた。

ぼくを変えたもの

きのうは口をきくのもいやになるほど気落ちして、くたびれていたのに、ひと晩眠ったら、そうも言っていられなかった。

——お母さんが死んでしまって、これからどうする？

きょうだいたちは、みんなそう聞きたかったけれど、だれも口に出す者はいなかった。この質問にうまく答えられる人なんかいないことを、それぞれに、なんとなく感じていたからだ。うまい答えなんか、あるものか！

そんな大きな問題よりも、さしあたりやらなければならないことがいっぱいあった。ぼくらのような飛び入りをふくめて、この家には、焼け出された家族がいくつも集まっていた。昨夜は、暗がりの中で、

——戦災者には特別証明書が出るそうだ。

——その証明書がないと、いろんな戦災者用の配給が受けられないそうだ。

——空襲で死んだり、怪我《けが》をした人にはお金が出るということだ。

——焼け跡の街《まち》で、もう人のものを盗《と》っている人間がいたぞ、情《なさけ》なや。

——この調子では、ほんとうに戦争に勝てるのだろうか。もっと空襲がつづくのだろうか。明日《あす》も明後日《あさって》も、敵機がやってくるのではないだろうか。

——すると、日本中、焼け野原になってしまうんじゃないだろうか。そんなになっても、戦争はつづくのだろうか。

——アメリカ軍が上陸してきたら、みんなを捕《とら》えて、手のひらに針金を通して、ひとまとめにして銃殺するそうだ。おそろしい……。

そんな、本当だか嘘《うそ》だかわからない話をしていた。とにかく、焼け跡に行ってみなければならない。

父は、勤務先にも行かなければならない。

ぼくと父は、再び焼け跡に向かった。

今日も暑い日で、雲ひとつない空だ。

まだ市街地に入らない前に、警戒警報のサイレンが鳴った。白いシャツを着た人たちが背中をみせて、道端《ばた》に伏せた。

ぼくはしゃがみこんで、ゲートルがゆるんだのを巻き直したが、伏せたりはしなかった。爆撃でやられても、機銃掃射《そうしゃ》でやられたとしても、たいしたことはない——と思った。一昨夜だって、ちょっと場所が悪かったら、母と同じ運命だったかもしれない。逃げるのに、早い遅いはなんの関係もなかったのだもの。

ちょっとした場所や時間の違いで、いろんな人の運命が大きく左右された例を、その後、いやというほど聞かされた。川に飛びこんで危うく助かった人もあれば、そのために首から上だけ火傷《やけど》をしたという人もあった。荷物を持って出たために、人より遅れてしまい、家族とはぐれ、一人だけ助かったという人もあった。穴ぐらに潜《ひそ》んでいて難を逃れた話もあれば、防空壕に飛びこんで亡くなったという例もあった。

ずっと後になってわかったことだが、富山市の場合、百数十機のB29が襲来し、市の周辺部から攻撃を開始して、市民を真ん中に閉じこめ、焼夷弾《しょういだん》を投下したのだという。その数についての記録ははっきりしないが、「畳二枚に焼夷弾が一発強」になるともいうし、「六畳間に二発」の割だともいう。

そのため市街地は、一夜のうちに全区域が廃墟《はいきょ》となり、市民約三千人が殺され、負傷者は八千人近くにのぼった。

そして、この富山市の被害率は、一千人あたり死者が十三・五人、負傷者が四十七人となって、全国九十二の戦災都市の平均被害率（一千人あたり死者八・七人、負傷者十三・三人）を大きく上まわっている（北日本新聞社編『富山大空襲』）。死者が全国平均の五十五パーセント増し、負傷者にいたっては全国平均の三・五倍強にもなる。

とにかく、焼けた街には、巣をほじくり返された蟻《あり》のように、多くの人が右往左往して動きまわっていた。

応急のテント張りの市役所の出張所で、罹災《りさい》者証明書をもらったり、それを持って、長い行列に並んで、一世帯《しょたい》あたり一斗（約十五キロ）の米の特別配給を受けたりした。その行列に並んでいるとき、藤瀬《ふじせ》の茂美《しげよし》さんがやってきて、もう一枚、罹災者証明書をとってきたと小声でいう。見ると、家族の名前なども間違いなく記入されている。

そこで、行列の途中で茂美さんと入れかわった。茂美さんは茂美さんで配給分をとり、ぼくは、茂美さんの持ってきてくれた証明書で、もう一度、米をもらおうというわけである。ちょっと悪いかなと思ったが、見つかってもともとだ、と、それでもドキドキしながら、行列の一番うしろに並んだ。

結果は、こちらが心配したほどのことはなく、首尾《しゅび》は上々であった。出張所の係の人も、並んでいる人々も、なかば殺気だっていたから、気がつかなかったらしい。

それよりも、自分でも驚いたのは、つい二、三カ月前にくらべて、ぼくもずいぶん図々《ずうずう》しくなったものだな、ということだった。

＊

母といっしょに、市の中心部にある肉屋の行列に並んでいたことがあった。母は自分の生家の、叔母と従兄弟《いとこ》の配給通帳とハンコを借り受けてきていた。食べ盛りの子どもが多いということで、融通《ゆうずう》してもらったらしいのだが、とにかく、そのときのぼくと母は、違う世帯《しょたい》の人になりすましていた。

ところが、行列に並んでいるうちに、何かの拍子《ひょうし》に、ぼくは「ね、お母さん……」と言ってしまったのだ。まったくの他人でいなきゃならないのに、そんなことばを口走って、ぼくは、ウソがばれたときのように思わずカーッとして、急によそよそしく横を向いたりしたが、いかにも子どもじみてわざとらしかった。それが自分でもわかったので、いよいよギコチなくふるまったりしていたが、幸い周囲には気づいた人はいなかったらしい。それが、つい二、三カ月前のぼくの姿だったのだ。

勤務先に立ち寄ってきた父と合流したぼくたちは、今日の〝戦果〟を茂美さんの自転車の荷台に高々と積んで帰路についた。

きのうは、あんなに遠いと思った道のりが、今日はそれほどには感じられなかったのは、自分も重要な役割をになって〝大仕事〟をしたからだったにちがいない。足どりも軽く、浮き浮きしながら帰った。たしかに、きのうにくらべれば、日もまだ高かった。

＊

呉羽《くれは》山を越えて

すごいだろう……と話をするのを楽しみに帰ったら、それよりも大きな話が待っていた。ぼくたちの顔を見るなり、姉が言った。

「今日ね、叔父さんが来たのよ。二日間の休暇《きゅうか》をもらってきたんだって……。すぐ、呉羽《くれは》に来るようにって……」

「えっ、叔父さんが……？　どこにいたの？　軍隊が休暇をくれたの？」

母の弟の叔父は、金沢の連隊にいて、真っ赤にひろがる富山の空襲の空を見ていたのだそうだ。富山市出身者に特別休暇が与えられ、自分の家のことをいろいろ始末《しまつ》してこいと言われたのだという。父の勤務先である県庁に立ち寄ったら、ちょうど父が報告に行ったあとで、ぼくらの一時立ち寄り先がわかり、やってきたのだった。この叔父の家は、前に書いたように、この年の春、市内の家をたたみ、叔母は、ぼくがネジ巻きの電車をあげた従兄弟《いとこ》をつれて、その生家に疎開していた。

父は、呉羽の、叔母の生家へ向けて出発するのは明日にしようか、と考えていたようだった。しかし、姉をはじめきょうだいたちは、一刻も早く出かけようと、すっかりその支《し》度《たく》をしていた。

ぼくらの帰りを待ちかねていた子どもたちの剣幕に押されて、父も出発することにした。呉羽には、万一のときを考えて、いくらか荷物も疎開してあるのだから、考えてみれば、焼け出されたら真っ先に行くべきところではあった。父は、持ち帰った米の一部をあわただしくお礼に置いて、ぼくたちはまた、ケヤキの机にいろんな荷物をのせて、叔母の生家へ向けて歩き出した。

叔母の生家がある吉作《よしづくり》の村は、神通川《じんずう》を渡り、呉羽山を越した向こうにあった。そこに行くには、もう一度、富山市の中心の西町までもどって、それから西へ向かうのである。藤瀬の本家がある八日町《ようかまち》の村から、かれこれ一〇キロはあるだろう。

同じ焼け跡の街でも、西町の大丸百貨店の前からは、まったく新しい道だった。古い土《ど》蔵《ぞう》造りの商店が軒をつらねた町並みや、赤煉瓦《れんが》の銀行があったあたりも崩れはて、ところどころに土蔵が焼け残っていた。

そんな土蔵のそばで泣き喚《わめ》いている人たちを見た。せっかく焼け残ったと思って、喜び勇んで扉を開《あ》けたところ、たちまち中の荷物がくすぶり出して、また燃えてしまったのだという。土蔵の扉は、すっかりまわりも冷え切ってから開かないと、燃え出してしまうのだと、あとで聞いた。

そこからしばらく行くと、道端《ばた》に馬が倒れて死んでいた。きっと、荷馬車を曳《ひ》いていたものであろう。その馬の死骸《しがい》は、その後十日近くもそこに放置されていた。

鳥居は焼けていたが、御影《みかげ》石で「招魂社《しょうこん》」と社標を彫《ほ》った護国神社に道は突き当たり、右へそれると、すぐ左手が神通川を渡る「連隊橋」だった。

「連隊橋」は、本当の名を富山大橋という。しかし、そこを渡ると、すぐ左側に富山の連隊があるから、ふつうはそう呼ばれていた。召集されて兵役につく人たちが万感《ばんかん》を胸に抱いて渡るところであり、見送りの家族たちが連隊の門で引き裂《さ》かれて、家に戻るとき涙で渡るところだとされていた。(連隊の跡は、いま、富山大学や富山球場になっている)

ゆるい上《のぼ》り坂をのぼって、すぐ近くの右側に、ぼくの神通中学の校舎が、かなりくすぶってはいたが、外観はすっかりそのままで助かっているらしい姿が見えた。安心した。

坂をのぼりきって、神通川の河原を見おろしたとき、ぼくはハッと息をのんだ。

日がかなり西に傾きかけた光のなかに、広い河原のあちこちに、おびただしい数の死体が横たわっていたのだ。その数は、とてもちょっとやそっとで数え切れるような数ではない。あたりは煙がたなびいている。死体を焼いているのだ。

焼け跡だって、何もかも燃えつきた強烈な臭いの連続だった。ところが、そんなものはここでは、一人前の臭いとも言えないのじゃないかと思われるほどのすごさなのだ。

「…………」

父は何か言いかけたが、すぐ言葉をのみこんだ。きっと、母のことを思い出したのにちがいなかった。死体を焼く煙がただようほど、そのときは風もなかった。しかも、煙のあがっているところは、死体の数にくらべれば、ほんの一部にすぎなかった。それなのに、

この臭い……。

ぼくらのだれもが、おそらく同じことを考えていた。しかしだれもそれを口には出さず、五〇〇メートルもある長い橋だったが、足早に歩いて渡りきった。

その後数日間、いや十数日——ぼくは焼け跡への行き帰りにこの橋を渡った。そして、いつも河原のどこかで、同じような煙があがっているのを見た。仏教説話でいう、死んだ子どもたちが父母の供養《くよう》のために石を積む「賽《さい》の河原」は、きっとこんなところなのかと考えた。

橋を渡りきって、坂を下ると、間もなく左側に連隊の門が見える。昔は「富山三十五連隊」、そしていまは四十八連隊のいるところだ。一昨夜の空襲のとき、最初に火の手があがったのが、このあたりではないかと思ったところでもある。

門の前には両側に衛兵《えいへい》が立っていたが、まわりが焼け野原になっているので、なんだか見すぼらしい格好である。

そこからしばらく行くと、うしろから、兵隊の一団がやってきて、ぼくらを追いぬいていった。

さきほどの衛兵も見すぼらしかったが、それでもまだ靴をはいていたし、剣つき鉄砲を持っていた。ところが、ぼくらを追い越していった二、三十人の兵隊たちは、指揮官《しき》を除いてみんな、靴なんかはいていなくて、わらじをつけていたし、腰にさげた刀も短かい木刀だった。

しかし、みんなで担《かつ》いでいた蓋《ふた》をしない二つの四斗樽《だる》の中には、だいぶ薄暗くなりかけてはいたが、たしかに赤飯がいっぱい入っているのが見えた。その瞬間、やっぱり軍隊にはまだまだ贅沢《ぜいたく》なものがあるんだなと思ったのは、以前、次のようなことがあったからだ。

母の弟の叔父たちが入営すると、母は、きっと自分の弟たちが腹をへらしてひもじい思いをしているにちがいないと考えて、ぼくら子どもを連れて面会に行ったとき、どこで手に入れてきたのか、抱いて行った赤ん坊のおむつカバーの中に、罐詰《かんづめ》やら餅《もち》などをこっそりとしのばせていったが、実は連隊の中では、まだいろんなものが酒保《しゅほ》（兵営内の売店）に売っていた。

叔父は、そこで一口羊羹《ひとくちようかん》を買って、ぼくに食べろとすすめた。羊羹なんて、ぼくらのまわりから姿を消してずいぶんたっていた。兵営内で食べてもいいが、持って出るわけにはいかないから、と言われて、あわてて羊羹を飲みこむようにして食べたことがあったのだ。

そのとき、軍隊には贅沢《ぜいたく》なものがあるな、国民はみんな我慢《がまん》しているのに、と思った。

それにしても、わらじ履《ば》きに木の刀では、この戦争に勝てるのか——と気になった。でも、そのことは言わないで、小休止《しょうきゅうし》したとき、

「さっきの兵隊さんたちはゴーセイだね、こんなときに赤飯なんか食べて……。あずきやもち米が焼け残ったからかな」

と聞いたら、父は吐き出すように言った。

「あれは高粱米《こうりゃんまい》だ——。お前は、自分が好きなもんだからそう見えたんだ」

満州（いまの中国東北部）でとれる高粱は背の高い雑穀《ざっこく》で、それを炊《た》くと全体が薄赤くなって、遠目には赤飯のように見えた。そのころ、子どもたちは、こんな歌をうたっていたものだ。何かの替え歌だったのかもしれない。

♫赤いごはんの代用食で
　ハテナ　ハテナ……

どっと空腹感が押しよせて来た。いよいよ呉羽山の切り通しへ向けての上りにかかるところだ。日は山の向こうに沈んで、あたりは急に暗くなり、空だけが明るかった。

振り返って焼けた市街を見おろすと、神通川の河原にいくつか、死体を焼く赤い火が見えかくれしていた。

その夜、叔母の生家で風呂に入れてもらった。生まれて初めて、浮いている板（浮きぶた）を踏んで入る鉄製の五右衛門風呂《ごえもんぶろ》であったが、お湯の匂いは懐かしかった。からだだけでなく、心の底からゆったりとほぐれてくるようだった。

ぼくたちは、つい十日たらず前に疎開した家の荷物が置いてある、土蔵の前の二つの小部屋に寝かせてもらった。

昨夜と同じように、よそのおとなたちを前に、空襲の模様と母が亡くなったさいの様子を、姉たちはくりかえし話しさせられた。話し手の子どもたちはほとんど泣かないのに、聞いているおとなたちは何度も涙をぬぐった。とくに叔父は、肉親の死を思って、長いこと無言でうなだれていた。

いろんな質問もついに途切れ、重苦しい沈黙がしばらくつづいた。父は言った。

「女房《にょうぼう》にとつぜん死なれて、魚でいえば、これから片身で荒海を泳いでいかなくちゃならんわけですから、いろいろとよろしく……」

その言葉を潮どきにして、子どもたちは促《うなが》されて寝床に入ったが、おとなたちはまだ残って何かしきりに相談をしていた。

遺体さがし

翌日から、父とぼくは焼け跡をほうぼう歩きまわった。いろんな手続きをすると同時に、母の遺体をさがすのが仕事だった。姉たちは、村の役場へ転入届けに出かけた。

連隊橋のところにくると、やはり、ところどころに煙があがっていた。そこだけでなく、市内のあちこちでも遺体を焼いているのが目についた。叔父も途中までいっしょだったが、自分の家の焼け跡を始末《しまつ》するといって、連隊橋を渡ったところで別れていった。

県庁はほとんど無傷で残っていたが、市役所は完全に焼けくずれ、情報を求める人たちが集まっていた。みんな、ワラをもつかむ思いだった。カンカン照りの広場にテントが張られ、小学校の校区別に事務を受けつけていた。

とにかく、押しあいへしあいの大混乱だった。なかなかそのテントまでたどりつけない。そして、小突《こづ》かれたり怒鳴られたりしながら、ようやくそこへたどりついても、情報は極度に混乱していた。

市役所で教えられた、とある学校の校庭へ行った。死体が四、五十もそこに転がされていた。そばへ寄ると、焦《こ》げた材木のようになったものもあった。炎天下に放置されたままだから、顔や手足の露出《ろしゅつ》したところが、くさりはじめたものもあった。火傷《やけど》のためか、煤《すす》や泥のためか、変色しているものもあった。

手をあげて指を開いたのもあれば、手足がとれたものもあった。

ぼくらと同じように、肉親の遺体をさがしにきている人たちが、その置場にたくさん来ていて、それが、引っくりかえして確かめたり、くずれた顔をのぞきこんだりしていた。

父はつかつかとその中に入っていって、しゃがみこんで、うつ伏せになっている死体を起こして点検している。

ぼくは、はじめは気味悪くて、少しはなれたところから眺めていたが、それでは、その死体が男だか女だかさえわからない。時間もかかる。

……意を決して、ぼくはその中に入った。臭い。ハンカチを出して鼻を押さえた。

みんなが思い思いに動かすものだから、トランプの「神経衰弱《すいじゃく》」みたいに、同じ人を何度も確かめたりする。肩をたたかれたと思って振り向くと、だれかが死体を引っくりかえしたためにその手足が触《ふ》れたのだったりする。はじめはびっくりして飛び上がったりしていたが、二つめの学校の校庭に行ったときは、もうそんなに驚かなくなっていた。

遺体をさがしに来ている人たちに聞くと、何町あたりで焼け出されたのがひどかったようだとか、またこちらの町名を聞いて、それならどこそこにそれらしい死体置場があると教えてくれたりする。

結局、その日は三カ所まわったのに、見つからなかった。すぐ近くで死体を焼いていたが、そんな臭いにも、いつのまにか慣れてしまった。でも、そこから離れるとき、なぜかホッと大きなため息をついた。

焼け跡の街をはずれると、自分の手が臭いことに気づいた。道端《ばた》に井戸水が湧《わ》き出ているところで、ゴシゴシと力いっぱい洗ったあと、ハンカチも濡《ぬ》らして顔をふいた。

その翌日も、またその翌日も、父の勤務先に立ち寄ったり、もと住んでいた近くの出張所へ行ったりしながら、また、死体置場をさがして歩いた。途中で、何度か警戒警報のサイレンを聞いた。

黒だかりの人がうごめいている。近寄ってみると、近在から来たトラックが、炊《た》き出しのおにぎりを配《くば》っている。ぼくはおとなたちの群《むれ》にもぐりこんで、しゃにむに、トラックに近づいていった。おとなたちに混《ま》じって手を差し出し、新聞紙にくるんだおにぎりを受けとり、チラッと振り向くと、父がずいぶんうしろの方にいるではないか。もみ合い、小突かれて、どんどん行列のうしろに押しもどされている……。

ぼくは、人々をかきわけ、父に近づくとその包みを渡し、もう一度、もぐりこんでトラックに突進した。トラックの上の人が、必死のぼくを見つけて「子どもだ、子どもだ、そっちにやれ」というようなことを言っている。おかげで、ぼくは二度目の包みを受けとることができた。

父をさがすと、やはり先ほどのあたりでもまれていた……。

ふだんの生活でも、対外的な折衝《せっしょう》はたいてい母の役目だった。親戚《しんせき》へのいろんな挨拶《あいさつ》や人の世話をはじめ、食糧の買い出しやら、商店とわたりをつけて配給以外の品物を手に入れてくることなど、みんな母の仕事であった。まだ衣料切符《きっぷ》の制度が実施されて間もないころ、母は、姉と、すぐ下の妹の嫁入りのために――といって、呉服屋から地紋《じもん》織りの白絹を一疋《ぴき》(二反《たん》)も手に入れてきたことがある。母はそれがご自慢で、よく家に来た女の人たちに見せていた。みんなは、その用意のいいのになかば驚き、なかば呆《あき》れていた。だって、姉でさえ、まだ五年生か六年生になったばかりのころだったのだから……。

そんな母にくらべると、父は、いつも決まった時刻に帰宅し、和服に着換えると、たいてい座敷にすわっているか、庭に出て菊づくりをしたり、趣味の写真を現像して引き伸ばしたりしていた。とにかく、父が走ったのを一度も見たことがないと言えるくらいなのだ。スキー場に出かけたり、職場の人とハイキングや山登りに行ったりするほかは、どちらかといえば家の中にいることが多かった。二階の座敷にあったオルガンを弾《ひ》いたりしているのが父で、冬、雪おろしをするのに屋根に登るのが母——という具合だった。

それにしても、父は万事《ばんじ》に要領の悪い人だった。だから、そんな父の性格のために、その後の生活も、いろいろと思わぬ苦労をすることになるのだが……。

とにかく、いつのころからか、ぼくは、いろはカルタの「りちぎものの子沢山《だくさん》」というのは、うちの父のことを言っているのだと思いこんでいた。

だから、父と二人で並んで、もらったおにぎりを食べながら、ひとり、歯がゆい思いをしていた。

＊

食べながらの思い——といえば、つい三カ月ほど前、こんなことがあった。

生徒たちが勤労動員に出かけたため空《あ》いた中学校の教室には、兵隊たちが駐屯《ちゅうとん》していた。

ある日の休み時間に、一人の兵隊に呼びとめられた。

その兵隊は、あたりを見まわして、ぼくを大きな木の陰に連れていった。

「お兄ちゃんよ、頼みがあるんだけど……聞いてくれないか？」

秘密めかして打ち明けた頼みというのは、その兵隊の家へ連絡をとってほしいということだった。家の住所は、紙に書いてあった。市内からそう遠くない、郊外の村の名が書いてあった。次に、ふところから手紙を取り出した兵隊は言った。

「これを家に届けてほしいんだけど、絶対秘密だぜ。な、な、あんたを見込んで頼むんだ。でも、そんな心配することはないよ」

二十代の、もうそれほど若くない兵隊の顔は、とにかく真剣だった。ぼくが承知するともしないとも、返事をするひまもなく、その兵隊は、ぼくに手紙と住所を書いた紙きれを押しつけると、駆けるようにして去っていった。

ぼくはすぐ、その手紙を人目につかぬようにポケットにしまって、その場をはなれた。

四年生のころから、市内にはよく使いに出されたし、近郊にも、米やいもなどの買い出しに行ったことがあったから、その住所を見れば、だいたいどのあたりと見当がついた。

でも、この手紙はどうしようか？

「……あんたを見込んで頼むんだ」と、あの兵隊は言った。もし、これを届けてあげなかったら、きっとガッカリするだろうな。

「……絶対秘密だぜ」とも言った。たしかに見つかれば、叱《しか》られるかもしれない。「非国民」ということで、それに協力したというので、警察に調べられるかもしれない……。そう考えると、手のひらがカーッと熱くなってきた。

でもいいや、もし、最悪の場合見つかっても、ぼくはまだ〝子ども〟だ。やれ、やれ、やれ！と心の中で、もう一つの声が叫んだ。

学校の帰りみち、少し遠まわりだったが、その兵隊が住所を書いてくれた家へ行った。農家だった。手紙を渡すと、その両親らしい老人たちはとても喜んだ。手紙を読むと、

「悪いけど、明日の夕方、もう一度、ご足労でも来ていただけないだろうか。けっしてご迷惑をおかけしないから……」

と、また、くどくどと頼まれてしまった。そして、とれたてらしいじゃがいもを一包み、風呂敷《ふろしき》に包んでくれた。

家に帰るのが遅くなったが、わけを話したら、別に叱られもしなかった。おみやげにもらったじゃがいもが、なによりも功を奏したらしい。翌日、学校の帰り、またその家へ寄

った。

「これを、うちの息子に渡してくださらんか。お餅《もち》が好きな子で、今日すぐ搗《つ》きましたのじゃ。あんたさんにも、お礼にこの包みを持っていってもらおうとおもって……」

と、大きめの弁当箱ぐらいの新聞包みを渡し、ぼくにはその倍もある包みをくれるのだ。

何度も辞退《じたい》したが、とうとう押しつけられてしまった。昨日はじゃがいも、そして今日はお餅——食糧の乏しいときに、なんとありがたいおみやげだろう。こんなことなら、毎日でも手紙を取りつぎますよ……と心の中でつぶやいた。

家に帰って包みをあけると、搗きたての豆餅が笹の葉にくるんで、十個も入っていた。

やっぱり、頼まれたとおりにしてよかった！

「若い人だから、おなかもすくんだろう」

そう言いながら、家族は豆餅を味わった。

翌日、学校に行くと、この間の木のところに行った。するとすぐ、あの兵隊がやって来た。どこかで、待ちかねて見ていたらしい。新聞包みを渡すと、すぐその場であけて、ぼくにも一つ食べろという。別にもらったからいい、というのに、また無理に押しつけられてしまった。だって、ぼくも餅が大好きなのだもの……やっぱり返せなかった。

二人は、木陰にしゃがみこんで、豆餅を頰《ほお》ばった。秘密を共有している快感があった。

「な、うまいだろ。うまいよなあ」

兵隊は、涙ぐみながら食べていた。ぼくもつられて、洟《はな》をすすった。

再会した「母」

父とおにぎりを食べた二日後、ぼくらはリヤカーに、薪《まき》や石油、スコップなどを積んで家を出た。昨日、母の遺体が見つかったのだ。五番町のほうの寺の境内《けいだい》だった。

炎天下に四日間もほうりだされていたので、顔もすっかりくずれていた。着物もモンペも泥水やら煤《すす》やらで汚れて、とても見分けがつかなかった。モンペの紐《ひも》の下にしめていた帯が、町内の節約運動で作ったもので、残りぎれを集めたつづれ織りのものだった。それに、奇跡《きせき》的に、ふところに落ちずに残っていた財布《さいふ》が、まぎれもなく母のものだった。黒い折りたたみ型で、一方に「一億一心」、もう片方に、楠木正成《くすのきまさしげ》の家紋「菊水」が刺繡《ししゆう》してあったから、まちがいなかった。

父は、その財布とともに、帯の一部を引きちぎった。だから、いまでも、母の形見《かたみ》というのはこの二つ——ぼくの手もとにある。

＊

ぼくたちは、近くの焼け跡から波形の焼けトタンを拾ってきた。その上に薪《まき》をならべ、母の遺体を置いた。まわりにも薪を置き、上から石油をかけて、火をつけた。なかなか燃えないので、なんども新聞紙を固くねじったものを、薪の間にさしこんだ。

ようやく、焔《ほのお》が燃えあがった。

＊

かまどで、ごはんを炊《た》くときと同じだと思った。三年生のころから、朝早く起こされ、ときどき、ごはんを炊くことを教わった。まず、かまどの灰をすっかり掻《か》き出し、目皿《めざら》から下に落としてしまう。きれいになったら、新聞を固くねじったものを真ん中へ置き、その上へ左右から細い粗朶《そだ》をさしかけ、その上に太い薪を重ねていく——。

＊

あたりを見まわすと、すっかり変わり果てていたが、母にかぶせた、あのときのぼくのふとんがあるのに気がついた。それを持ってきて、母の上にまたかぶせた。煙がしばらくこもったように白っぽくなった。

＊

白い湯気がバァーとあがった。

店の外は、ずっとみぞれが降りつづいていた。冬の朝、母は、姉とぼくと、すぐ下の妹を連れて、かまぼこ屋の店先に行列した。

〝一人にいくつ〟と、早い者勝ちにならんだ人だけ、かまぼこを売ってくれるのだ。子どもだって員数《いんずう》だから、手足を凍《こお》らせて、さっきから並んでいる。

店内では、大きな釜《かま》の蓋《ふた》をあけて、蒸《む》しあがったかまぼこを取り出している。その湯気の中で、見ているまに、今日一日の売り分はおしまいになる。

そうして買ったかまぼこを、母は一つも家で食べないで、ぼくらにも我慢《がまん》をさせて、みんな東京に嫁《とつ》いでいる叔母のところへ送ってしまうのだ。そういうこととは知らぬ叔母から、「やはり、富山ではまだ食料が手に入るのですね」と書いたお礼状が届く。そんなことをしてでも、義理を果たす——そんなところが母にはあった。

＊

パチパチと、薪《まき》がはぜて燃えあがる。

焼け果てた街の上を、低く這《は》うように空襲警報のサイレンが渡っていく——。

人々は、蟹《かに》が穴にかくれるように、物かげにかくれたり、防空壕の中にもぐりこんだりしている。しかし、ぼくも父も、どこにもかくれるところはない。いまさら、かくれたところでどうなろう。

もし、敵機がやってきて、爆弾を落としたら、ぼくらもふっとぶかもしれない。でも、それだけじゃないか。もう、何もかも焼かれてしまったのだから……。

くやしいから、じっと空を見上げて、睨《にら》みつけていた。焼けてから、ずっと空は雲ひとつない炎天つづきだ。じっと立っていると、汗はしきりに流れるが、ふしぎに目からは何も流れない。

風もない空に、黒い煙だけがくるくると小さな渦《うず》を巻いてあがっていく。

＊

「お前たちは七人きょうだい。あの夜空の北斗七星みたいに仲よく並んでいる。叔父さんは、いつも北斗七星を見て、お前たちきょうだいのことを思っている……」

母の弟の叔父は、出征《しゅっせい》する前にそんなことを言った。

叔父がまだ富山の連隊にいるころ、ある夜、母とぼくと二人で、叔父に会いに行ったことがある。なんでも、そのとき、叔父の部隊は連隊の営内から出て、すぐ近所に野営しているということだった。ちょうど、焼け跡を呉羽《くれは》へ行くとき、〝赤飯〟の樽《たる》をかついだ兵隊の一団に行き会ったあたりである。

月が皎々《こうこう》とした晩だった。例によって、母は食べものをいっぱい持って出かけた。連隊橋を渡って、連隊を通りこして、母は左側の道に入った。行く手の右側に、校舎か兵舎のような大きな建物が見えて、たしかにその庭に、多くの兵隊たちが焚火《たきび》をしている。庭の入口に、二人の門衛《もんえい》らしい兵も剣つき銃を手に立っている。

ぼくと母は、黙ってその前を通った。兵たちも無言である。と、道は行きどまりになって、小さな家畜小屋みたいなところに突き当たってしまった。ぼくたちは、しばらくその小屋の軒下というか戸口にたたずんで、また元の道を戻った。

母とぼくは小声でささやきあったが、その間じゅうずっと、多くの兵隊たちは無言で、ぼくらの行動を彫像《ちょうぞう》のように立って見ているだけだった。

二、三日して、叔父から次のような葉書が来た。色鉛筆でワラ屋根の小屋と牛の顔が描いてあって、

十五夜お月さん　こんばんわ
モウモの母子の　ねんねする
かわいい月夜の子守うた
かわいい母子の子守うた

と、童謡みたいなことが書いてある。

「あら、精ちゃんは、わたしたちのことをちゃんと見ていたんだね。どんな思いで見ていたのやら……」

　母は何度も何度も、その葉書を読みかえしていた。

＊

　月の晩といえば、母はよく、ぼくを連れて自分の生家に行くことが多かった。するとたいてい話しこんで、帰りがすっかり遅くなってしまうのだ。

　母の生まれた家は、県庁からちょっと入ったところにあって、愛宕《あたご》神社のすぐそばにあった。もとは瀬戸物屋をしていたという仕舞《しも》た屋で、京都の町家のように、間口は狭いのに奥行の深い家だった。屋根は瓦葺《ぶ》きではなく、いわゆるトントンぶきだったが、桟《さん》を横に打って、その上に、直径一五〜二〇センチくらいの平たい石がいくつも置いてあった。

奥深い家だから、三間《ま》ほどの奥に細い庭があって、台所の流しの横をとおって、離れと土蔵《どぞう》に行けるようになっていた。ぼくの家と根本的に違うところがいくつもあった。屋根に明かりとりの窓がついていて、夕方などそこから陽《ひ》のひかりが、照明燈《サーチライト》のように射《さ》しこんでいた。商家だったからか、夜になると、三メートル幅くらいの玄関いっぱいに雨戸をおろし、出入り口は、その一部分を〝くぐり戸〟にして出入りするのも珍しかった。

ぼくの家は、ぼくが四歳のころ建てたばかりだったから新しく、そして子どもばかりいた。ところが、母の生家は古い家で、叔父が結婚するまでは、おとなばかりいる家であった。おまけに、嘉永《かえい》六年（一八五三年）に生まれたという、母の祖母にあたる人が、つい三年ほど前まで、九十歳で生きていた。そのおばあさんは、若いころ〝お江戸〟に行ってきたというのがご自慢で、富山藩は金沢百万石の前田の分家だったが、そのお殿様の行列を見たことがあるというのだ。なにしろ、おばあさんが生まれたころ、吉田松陰《しょういん》がアメリカの船に密航をくわだてて捕《とら》えられたそうだから、歴史的だと思った出来事が、目の前のおばあさん個人の中に生きているようで、とてもふしぎな思いがした。

母は小さいころに母親を亡くし、そのおばあさんに育てられた。もう一人、向かいに大きな薬屋があって、そこの小母《おば》さんを母親がわりにしてなんでも相談していたらしい。生家に帰ると必ず、向かいの薬屋に寄って、長いことおしゃべりをするのだった。その店は間口が広く、片側にずらりと漢方薬《かんぽうやく》を入れた小さなひき出しが並んでいて、ところどころに小さな竿秤《さおばかり》が、ひき出しの鐶《かん》にさしこんであった。この薬屋の小母さんも、空襲の夜、やはり亡くなって、店の跡は、いま町の小公園になっている。

そんな具合に、あちこちでおしゃべりして、帰りが遅くなり、途中で眠ってしまったりするぼくは、起こされて、樟脳《しょうのう》（防虫剤）くさく、かびくさい、叔父たちの子ども時代のカスリの羽織をすっぽり頭からかぶって帰ったりするのだ。

途中に、猿の母子が檻《おり》に飼《か》われているところがあって、どんなに夜おそくても、母はその猿に何か食べものをやるのだった。その猿も、おそらく空襲で死んでしまっただろう。

「夜道だから気をつけるんだよ」

と帰りぎわに言われると、母はきっと、

「小さくても、男が一人、ついてますから」

と答えるのだった。「男が一人」というのはぼくのことだったけれど……。

そんな帰りみち、寒い空を見上げると、青白く月が光っていて、ときどき、だいぶ歩いてから見直すと、いつまでもぼくらの跡をつけてくるように、かならず頭の真上に見えるのもふしぎなことだった。

＊

たしかに八月の真ひるの空の下だった。しかも、火が燃えている。そばに寄れば熱い。けれども、ぼくの心の中は、冬の凍《い》てついた夜の風が吹いていた。あの冷えきった感覚の奇妙な体験は、おそらく一生忘れないだろう。

どのくらい時間がたったたか、燃えつきた母の骨を、持ってきた花瓶《かびん》の箱につめて、父とぼくは帰った。父はこのとき五十一歳、母は享年《きょうねん》三十八歳だった。

帰ってから、ぼくは昏々《こんこん》と眠った。

仮住《かりず》まいの生活

それから二、三日して、ぼくたちの家族は、叔母の生家から、村の神社の拝殿《はいでん》に引っ越した。叔母の生家にも、いろんな親類縁者やら知り合いやらが押しかけてきていたし、八人もの大家族をおいてくれるところはそうなかったからだ。神社を使わせてもらえたのは、村の顔役だった叔母の父親が、周囲を説得してくれたからだろう。

こうしてその日から、その年の年末まで四カ月あまり、ぼくたちはそこに住んだ。

神社の拝殿だから、たしかに広さは十分だった。しかし、水があるわけではないから、炊事《すいじ》のための水は、近くの家までバケツで汲みに行かなければならなかったし、便所は、拝殿の裏側の目立たぬところに肥桶《こえおけ》をおいて代用した。神社というものは、神さまの住居であって、人間の住むところではなかった。その神さまの住居にぼくら八人家族が住みついたのだから、村の人々にとっては苦々《にがにが》しい限りだったろう。

ある日、さびしさをまぎらすつもりで、何気なく、拝殿にあった太鼓をドンドコドンとたたいていたら、村の人たちが飛んできて、たいそう叱《しか》られたことを思い出す。

神社に移ってから、炊事《すいじ》や洗濯《せんたく》などの家事いっさいは、女学校二年生だった姉が中心になってやり、きょうだいたちはそれぞれ、それに協力をした。だから、自然に姉は学校をやめることになった。

煮炊《にた》きは七輪《しちりん》を、階段の下のコンクリートのところにおいてした。そこは廂《ひさし》のはずれだったから、雨が降るときは、火の番をする者は傘をささなければならなかった。寒くなると、みぞれまじりや雪の吹き降りの日もあった。けれど、神社の境内《けいだい》には杉の木がたくさんあったから、少しはそういうものを防いでくれたし、杉の落葉はパチパチと音を立てて、いい燃料になった。

水は、父や上のきょうだいたちが交代で汲《く》みに行った。裏の暗い庭を通り、石や木の根だらけの道を苦心して運んできた。だから、水は大切に使わねばならなかった。ザァーッと流せるのは、洗濯したあとの水だけだった。

肥桶《こえおけ》もいっぱいになると、二人で天秤棒《てんびん》でかついで、裏の家まで運んで行って、肥溜《こえだ》めにあけてくるのだが、このかつぎ方がむずかしい。父と子どものときはもちろん、子どもどうしでも、お互い背の高さが違う。また、うっかりすると木の根や石ころにつまずく。それに、うまく拍子《ひょうし》をとって歩かないと、桶《おけ》が傾いたり、ハネがあがったりする。おまけに重いから、途中で何度か休まなくてはならぬ。とくに、雪の日が難儀《なんぎ》だった。

敗戦

神社に移ってー週間あまりたってから、初めて自分の家の焼け跡に行ってみた。すると、いやにキレイに片づいている。

あの朝見た鉄線や、台所にあった砲弾型のポンプや、そのほか金属製のものが一つもなくなっていた。父に聞いても、片づけた覚えはないという。だいいち、父もまだ、あれから焼け跡に行っていなかった。

人の弱みにつけこんで、ひどい、と思った。

その日の帰りに、焼け跡の街《まち》で、中学校の同級生に会ったら、彼は、広島に〝新型爆弾〟が落とされた話をした。

「なんでも、一発で、広島の街がほとんど破壊されたそうだ。白いきれを着ていた人だけが、どうにか助かったそうだ」

なんのことだか、全然見当がつかなかった。彼は別れぎわに、こうつけ加えた。

「これから百年以上、広島には草木も生えない、という話だよ」

それからまた数日して、「今日はラジオで重大放送がある」という噂《うわさ》を聞いた。しかし、家にはラジオがなかったし、よその家に聞きに行くという知恵も働かなかった。

あいかわらず、焼け跡を歩きまわって、何か役に立つものでも出てこないか、と掘りかえしたりしていた。だから、敗戦のニュースは全然知らなかった。

知ったとしても、空襲される前からつづいているトンネルは、ずっと先まで果てしなくつづいて出口が見えない毎日だった。でも、「日本が敗《ま》けた」と聞かされたとき、一瞬、焼け出された翌日の晩に聞いた「アメリカ軍は、上陸してくると、みんなの手のひらに針金を通して連れていく——」という話を思い出して、いやだなあと思った。

戦争が終わったのだと聞いても、ちっともうれしくなかった。なんとなく、すぐそこにあって、いつもちらちらと姿の見えていた〝死〟ということだけが、遠のいたという思いだった。「死んだ人が生き返るわけじゃなし」と考えていたが、そのうちに、だんだん腹が立ってきた。

「もう少し早く戦争が終わっていれば、あんたたちのお母さんも死ななくてすんだのに、ねえ」と慰《なぐさ》めてくれる人もあったが、ぼくらにとっては、そんなことは少しも慰めにならなかった。

とにかく、ものごころついたときから、ずぅーっと「戦争」であり、「非常時」だった。「お国のためにがまんしろ」だったし、「戦地の兵隊さんを思え」と教えられてきた。

国民学校の校長先生は、朝令や式の訓辞《くんじ》で、いつも「日本の国がもし敗《ま》けるようなことがあったら、私はいつでもこの腹を切りましょう」と言っていた。

ところが、そんなことはみんなまちがっていたのだという。ぼくらが学校で教えられた多くのことも、〝軍国主義的〟なことは、どれもこれもまちがいだった――。しかし、その結果、家を焼かれ、母が死んだ、そのことだけは、まちがいのない現実であった。どのように考えても、答えはそうなった。

とにかく、ものごころついてからずぅーっと戦争がつづいていたから、それが終わるなどということは考えたこともなかった。まして、絶対日本は勝つ……としか教えられていなかったから、こんな形で、日本が敗《ま》けて終わるなどということは、今までの考え方の中にないといってよかった。おそらく、おとなたちだって同じだったろう。

その後、かなり長い間、戦争中おとなたちは「戦争に勝つ」と言って政府に協力したり、子どもたちを教育したりしたことを、おとなの人はどう思うのか——ときどき聞いてみたりした。たいてい、「だまされていたんだ」という答えが返ってきた。だれに聞いても、同じだった。

今まで教えられたことはまちがっていた——

おとなたちもだまされていた——

すると、子どもは何を信ずればいいんだ？　焼け跡でだって、よそのものを盗んでいく者がいる。好きでそうなったのでもないのに、「焼け出され」といわれ、「片親の子ども」と言われることもあった。世の中の何もかもが信じられなくなる。

二学期が始まったが、学校へ行く気にもならず、たまに出かけても焼け跡のあたりをぶらぶらして時間を過ごした。焼け跡の空地《あきち》のところどころに、ソバの花が咲いていた。

駅前にはバラックの市場ができて、一皿五円とか十円のたべものが並んでいた。ふかしいも、干しいも、干し柿、粟餅《あわもち》、そして海草めん、すいとん丼《どんぶり》、うどん……、たべものばかりが目につく。お金なんか持っていないから、やたらと唾《つば》をのみこむ。いよいよ空腹感が耐えがたくなる。浮浪児《ふろうじ》も大勢いた。

人混《こ》みの中で肩をたたかれて振り向くと、あの広島の新型爆弾のことを教えてくれた同級生だった。

「先生が心配しているよ。学校に出てこいってよ」

そういえば、妹も弟も、村の小学校に行っていた。いつか雨が降って、学校まで傘を持っていってやったことがあった。途中の電柱に、村の青年団主催《しゅさい》の演芸会の案内の紙が貼《は》ってあった。村の青年たちは、時節はずれなのに、盆踊《ぼんおど》りやら国定忠治の芝居《しばい》の練習をしていると聞いた。九月の中ごろだった。

「うーん」とあいまいに答えた。

欠けた北斗七星

久しぶりに学校に出ると、学校には予科練《よかれん》（飛行予科練習生）帰りの上級生たちが半長靴（ブーツ）をはいて闊歩《かっぽ》していた。ほんのわずかの間なのに、欠席している間に授業もすすんでいる。とくに英語と数学（解析《かいせき》）がわからない。わからないから、また欠席がちになる。

するといよいよ、みんなとへだたってしまう。

とぎれとぎれに通学しているうちに、ある日、学校の机の中に英語の教科書を忘れてしまった。翌日、行ってみると、教科書は消えていた。そのころすでに、夜間の授業が始まっていたが、それでおそらく盗《と》られてしまったのだろう。机の中に「返してください」と書いた手紙を入れておいた。

次の日、手紙はなくなっていたが、教科書は戻ってこなかった。いよいよ世の中がいやになる。

ある日、例によって焼け跡をうろついているうちに珍しく雨になった。疎開《そかい》しておいた傘が、家族全部で二本しかなかったから、雨でもたいてい濡《ぬ》れねずみで歩いていた。その日はとくに強い夕立ちみたいな降り方だった。途中でムシロを拾って、それをかぶって家に帰った。すると、東京から叔母が来ていた。一人の女の人を連れて——。

叔母は、心配してすぐ来たかったけれど、汽車の切符《きっぷ》がなかなかとれなかったという。二人で、衣類や食料をしこたま抱えて来てくれた。格子縞《こうしじま》や横縞のしゃれたシャツがあった。ひだのたくさんついたスカートもあった。石けんもあった。そして何よりまぶしかったのは、罐《かん》に入った油と、大きな蜂蜜のびんだった。

父の妹である叔母の家は東京の世田谷《せたがや》にあったが、空襲はまぬがれたという。この叔母の夫、つまりぼくの義理の叔父は評論家だった。大宅壮一《おおや》といった。この叔父は海軍の報道班員としてジャワに行っていたが、帰国後、いまから二年ほど前に、広い土地を求めて引っ越していた。食糧不足とともに、おそらく日本の敗戦も見通していたのだろう。自給自足を決意して、広い畑を自分で開墾《かいこん》し、陸稲《おかぼ》や麦、じゃがいもやさつまいもや野菜類をたくさんつくった上に、鶏《にわとり》、豚を飼い、さらに蜜蜂まで飼っているという。

「これ、家でとれた蜂蜜よ——」

へえーっと思った。うれしかったのは、ぼくと同学年の従兄弟《いとこ》から、困っているだろうと、コンサイスの革《かわ》表紙の英語の辞書をもらったことだった。それはもともと叔父が使っていたものらしく、表紙をめくった扉《とびら》のところに、「天才は努力なり」と英語で書き入れてあった。盗《と》られた教科書のことを思い出して、またくやしくなった。

叔母の目的は、母がいなくなって大変だろうから、一番下の妹の靖子《やすこ》を預かるというのでやってきたのだった。

「ごらんなさい、こんなに瘦《や》せてしまって、お尻《しり》の肉も三角よ」

靖子はお腹をこわして、たしかに瘦せこけていた。しょっちゅうピイピイ泣いていた。

「一人といわず、二人でもいいわよ」

と、叔母はみんなの様子を見て、思い切ったように言った。下から二番目の妹は父の背にかくれて、くわしい話は分からないのに、気をゆるせないという目付きをしていた。

結局、靖子だけ連れて行ってもらうことになった。父は、それ以上、子どもを手放したくなかったのだ。

「混雑する汽車の中、とても一人じゃダメだと思って、ついてきてもらったのよ」

もう一人の女の人は、叔母の古い友人だった。帰りの切符《きっぷ》も買ってあるという。その翌日、富山のきょうだいたちのところへ寄りたいと叔母が言うので、ぼくがついて案内することにした。

焼け跡のめぐりあいは、どこでもお芝居《しばい》みたいだった。防空壕や焼けトタンで応急に作った家、そんなところで久し振りに逢《あ》ったきょうだいたちは、手をにぎり合って涙を流した。焼け跡にいる親類たちは、着ているものも、ぼくらよりもっとちぐはぐだった。

翌々日、雨の中、靖子をおぶった叔母とその友人とを、駅まで、姉とぼくと叔父の三人で送って行くことになった。出かける前、叔母は持ってきた籐《とう》のトランクを整理した。父は、何かおみやげを、とさがしたようだったが、手もとには何もなかった。吉作《よしづくり》の村は梨《なし》の産地だったので、やっと近所からいくつかわけてもらい、それを持って行ってもらうことにした。

叔母は二つ三つ皮をむいて芯《しん》をとり、すぐ食べられるように切って、食塩水の中にひたしたあと、半紙にくるんだ。

「こうしておけば赤くならないし、汽車の中ですぐ食べられるから……」

きょうだいたちは、叔母のまわりにグルリと集まって、久しぶりに見るおとなの女の人の鮮やかな庖丁《ほうちょう》の使い方を、ものめずらしげに眺めていた。

「みんな仲よくするのよ。しっかり勉強して、お父さんを安心させてあげるのよ――」

満員の汽車が走り出すとき、叔母は叫んだ。みんな手を振りながらプラットホームを走ったが、汽車はみるみる小さくなった。

たしかに妹のおしめの洗濯の手間はなくなって楽になったが、どこかに穴があいたようでさびしかった。こうして、北斗七星の星が一つ、しばらく見えなくなった。

十一月になって、呉羽にある西光寺という寺で、あらためて母の葬式がいとなまれた。

冬枯《が》れの日ぐれ道を、母の遺骨を抱いて、そのまま墓へ納骨《のうこつ》に行った。

再出発

翌年三月、叔父とぼくは、トラックの荷台に積み上げた荷物の上に腹ばいになってしがみついていた。引っ越しのトラックだった。車は西へ向かって走る。

高岡市と新湊《しんみなと》の間に吉久《よしひさ》というところがあって、そこに家が見つかったのだ。日本の植民地支配から解放された故郷へ帰る朝鮮人が売り手だった。

呉羽《くれは》に疎開《そかい》しておいた紫檀《したん》の机や衝立《ついたて》や金屛風《びょうぶ》などは、叔母の生家やその親戚《しんせき》に買ってもらったのに、四カ月のうちに、荷物はなんだかんだとふえていた。父と下の二人の妹だけは運転台に乗せてもらい、ほかの子どもたちはみんな荷台に乗っていた。

「あれじゃ、困るのよねえ」

途中で休憩《きゅうけい》したとき、姉がぼくに言った。

「何のことだ?」

聞きとがめた叔父は怪訝《けげん》そうに聞いた。ぼくらは、あいまいに口を濁《にご》したが、それは父のことだった。

トラックが出発するギリギリまで、お茶好きの父は茶櫃《びつ》を脇において、ゆっくりお茶を飲み、荷物をかついで行き来するその家の主人にもすすめたりしている。

姉や叔母が、「早く片付けてェー」と、金切《かなき》り声を何度もあげているのに、悠々《ゆうゆう》と湯ざましをかけ、茶托《たく》を敷いて、叔父や運転手さんにすすめているのだった。軍隊帰りの叔父は、立ちながら飲んだりしていたが、父は火鉢のそばを動かず、大きな荷物が通るたびに、右に左にと少し座をずらすだけで、少しも〝店じまい〟をしなかったのだ。

「さあ、四月から、お前も二年生だろ」

となりで叔父が言った。途中から、仰向《あおむ》けに並んだ二人は、青い空を眺めながら、トラックの上で揺れていた。新しい土地、新しい学校、新しい友達、新しい隣人たち——期待と不安を抱いて、ぼくは、これからほんとうにぼくの〝戦後〟がはじまるのだ、と遠い空を流れる白い雲を見つめていた。たとえ、これから先どんなことが起きようと、去年《きよねん》の八月以来のこの八カ月の出来事より、びっくりしたり悲しんだりすることはあるはずがないだろうな、と思いかえしながら……。

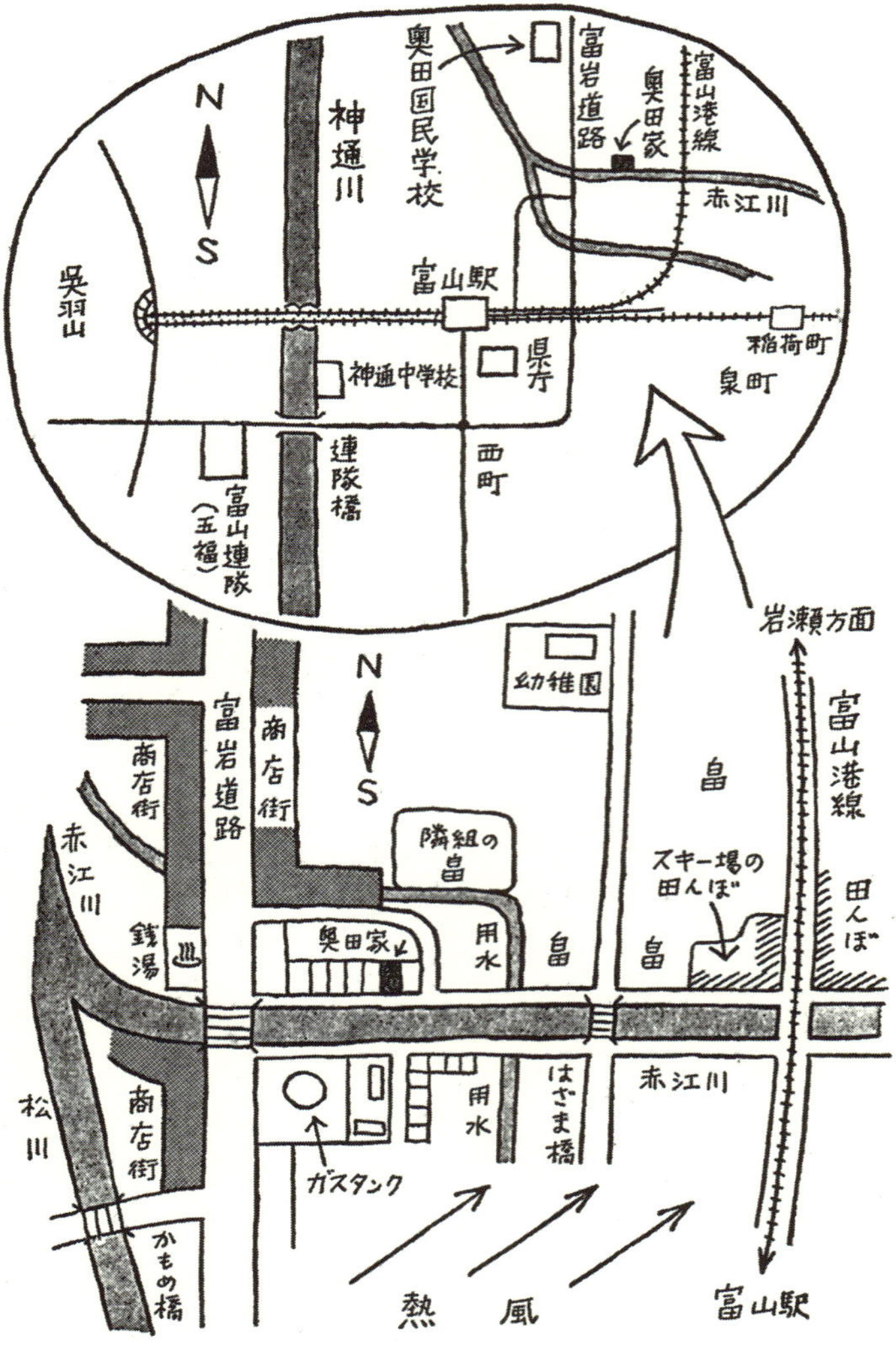

奥田国民学校
富岩道路
富山港線
奥田家
神通川
赤江川
N
S
呉羽山
富山駅
稲荷町
神通中学校
県庁
泉町
西町
連隊橋
富山連隊（五福）
岩瀬方面
幼稚園
N
S
富岩道路
商店街
商店街
富山港線
畠
隣組の畠
スキー場の田んぼ
田んぼ
赤江川
銭湯
奥田家
用水
畠
畠
松川
商店街
用水
はざま橋
赤江川
ガスタンク
かもめ橋
熱風
富山駅

悲しみを捨てた町

◎中山 伊佐男

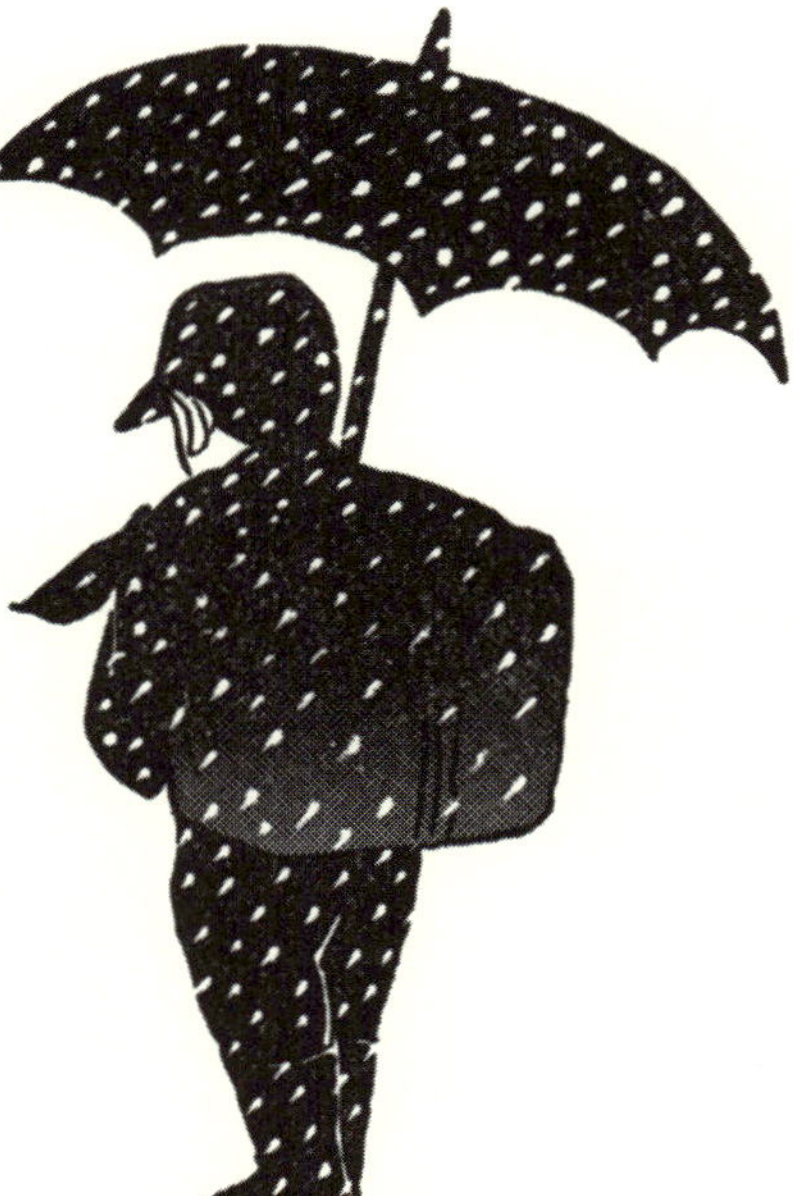

深夜の交番

ぼくが中学二年生の秋も終わりに近づいたある晩のことだった。茶の間で、父の帰宅を待ちながら繕《つくろ》い物をしていた母に「おやすみ」を言って、ぼくは寝床に入った。小学校六年の妹も、祖母も、もうとっくにやすんでいた。しかしぼくは、さっき見た母のどことなく不安そうな表情が気になって、なかなか寝つけなかった。父が、何の連絡もなく夜遅くまで帰らないということは、これまでほとんどなかったことなのだ。

茶の間の柱時計が十一時を打った。それからしばらくして門の戸があく音が聞こえ、靴《くつ》音が玄関に近づいてきた。しかしそれは、父ではなかった。

「こんばんは」

玄関の戸があく音につづいて、母に向かって話す声が聞こえた。

「警察の者ですが、ご主人が怪我《けが》をされたという連絡が入りましたので……」

それは、奥の部屋で耳をすましていたぼくがやっと聞きとれるほどの声であった。そのあと何かふたこと、みこと、話す声がして、靴音はまもなく遠ざかっていった。

すぐに起きて出ていくと、玄関わきの四畳半に寝ていた祖母も起きてきた。母の顔はすっかり蒼《あお》ざめていた。

「おまわりさんだったわ。すぐに交番へ来てほしいっていうの。くわしいことはあちらで話すって。伊佐男《いさお》ちゃん……」

母はぼくの顔を見て言った。

「お母さんといっしょに行ってね」

母の顔にうなずくと、ぼくはすぐに着がえのために部屋に戻った。

玄関に降りた母とぼくに、祖母はいつもの富山弁でいった。

「気ィつけて行ってこられ」

晩秋の夜の道を、母とぼくは交番へ向かった。母は、大きなおなかを手でかばうようにしながら急いだ。来月、赤ん坊が生まれる予定なのだ。

それにしても、父の怪我のぐあいを、どうして家に来たとき教えてくれなかったのだろう。わざわざ交番に呼び出すというのは、よほどの大怪我なのではないだろうか……。母の足にあわせて歩きながら、ぼくも不安で息ぐるしくなってくる。真っ暗な中、向こうに交番の赤いランプがにぶく光って見えた。

「小岩駅のホームから、線路に落ち、骨折《こっせつ》されたそうです。すぐ病院にはこばれたそうですが、実はだいぶぐあいが悪いようですから、すぐ病院へ行かれた方がよろしいと思いますが」

おまわりさんの説明を、母は肩で息をしながら聞いていた。しかしその横顔は、すっかり血の気《け》がひいて、紙のように白かった。

「そうしてみます。いろいろお世話をかけて、どうもありがとうございました」

母といっしょにぼくも頭を下げて、交番を出ると、教えられた病院へ向かった。

病院へ行くと、父は右腕にギプスをはめられて寝ていた。右腕を骨折していたのだ。しかし、おまわりさんの話の様子《ようす》よりはぐあいはよさそうだったので、少し安心して、母とぼくはやがて家へ戻った。

翌日、学校から帰ってくると、父はもう家に戻っていて、奥の部屋で寝ていた。おなかが少し痛むということだった。大蔵省につとめていた父は、これまで病気ひとつしたことがなく、休んだのはこの日がはじめてだと、母が教えてくれた。

ちょうどこの日、富山県の親類の家から小包みで柿が届《とど》いた。父も母も、同じ富山の出身で、富山には親類が多かったのだ。柿は、ほどよく熟した富有柿《ふゆがき》で、そのころは戦争で物資が不足し、甘い物はもうほとんど手に入らなくなっていたから、父も、あまり食欲がなさそうだったのに、この柿だけは母に皮をむいてもらい、おいしそうに食べた。

ところが、どうしたことだろう。それからしばらくして父は呻《うめ》きながら食べた物をすっかり吐き出してしまったのだ。再び、ゆうべの不安がよみがえってきた。

その夜、気丈な父は弱音《よわね》ひとつ吐かず、苦しさにじっと耐えていたようだったが、その様子はやはりただごとではなかった。そこで翌日、芝のS病院へ入院した。もっとくわしく診《み》てもらうためだった。

父の死

母は病室に付ききりになり、ぼくは身の回りの必要な物を取りに、家との間を往復した。

父は明らかに内臓に異常があるらしく、口から黄色い液体まじりのものを何度も吐き出し、そのたびに看護婦さんが来ては胃の洗滌《せんじょう》をやってくれた。父は苦しそうに、きつく眉《まゆ》を寄せて耐えていた。

翌日、父の苦痛はますますひどくなり、ベッドの上で起き上がることすらできなくなった。しかし、あいにくその日は日曜で、医師は回ってこない。父はひとりで苦痛に耐えているしかなかった。

その次の日、父の意識には混濁《こんだく》状態があらわれはじめた。昼まえ、病室に移動用のレントゲン撮影《さつえい》装置が持ちこまれ、ベッドの上から父の腹部《ふくぶ》を撮影していった。

午後になって、母は医師に呼ばれた。しばらくして戻ってくるなり、母はぼくを病室の外に連《つ》れ出した。母はぼくの顔をじっと見つめ、少しかすれた声で言った。

「お父さん、腸《ちょう》が切れていて、もうたすからないって……」

母の言ったことがとっさには飲みこめず、ぼくは黙って母の顔を見ていた。母がまた口を開いた。

「お医者さんはね、腸の切れたところを縫《ぬ》い合わせる手術をしてはみるけど、命をとりとめるのは無理だろうって……」

母の声はかすかにふるえていた。医師の診断《しんだん》に打ちのめされ、母はすっかりやつれて見えた。事《こと》の重大さが、ぼくにもやっとはっきりとわかった。

「伊佐男ちゃん……」

母が、うめくように言った。

「あんたも、中学だけで、あと働かなくちゃいけないようになるかも知れないけど……我慢《がまん》してね……」

ぼくが黙ってうなずくと、母はフッと横を向いて右手で目のあたりを押さえた。

午後三時ごろだったろうか、手術の準備ができて、父は手術室へ運ばれていった。それから長いこと、母とぼくは病室で待った。

夜になって、父は病室に戻ってきた。目をつむって、肩で呼吸していた。麻酔《ますい》はもうさめていただろうに、父の意識はなかった。母とぼくがけんめいに呼んでも、父はこたえない。一時間、二時間と、息ぐるしい時間が過ぎていった。

とつぜん、父の口から、うわごとが洩《も》れた。

「セイリィー、セイリィー」

と、それは聞こえた。しかし、母にもぼくにも、それが何のことだかわからなかった。

それからまもなく、父の心臓《しんぞう》は鼓動《こどう》を打つのを止めた。ぼくたちと、とうとうひとことことばをかわすことができないままであった。

こうして、一九四三年(昭和十八年)十一月十五日、深夜、父は五十二歳でその生涯《しょうがい》を閉じた。

父の遺体は、やがて病室から地下の霊安室へと移された。ぼくは母と二人、父のそばに付き添《そ》ってその夜を明かした。

お通夜《つや》や葬儀《そうぎ》には、親戚《しんせき》や父の勤務先の人たちが大勢《おおぜい》、弔問《ちょうもん》にみえた。残された母やぼくたち兄妹《きょうだい》を心から慰めてくれる人が少なくなかったが、とりわけ近所の人たちは親切にしてくれた。その中でもとくに後《うし》ろ隣《どなり》の小野寺さん夫妻《ふさい》は、自分たちのことのように悲しんでくれた。小母《おば》さんは、母のからだを気づかって、

「あんまり考えつめて、流産《りゅうざん》しちゃったら、亡《な》くなった旦那《だんな》さんにもすまないし、気をしっかりもつんだよ。台所のことはわたしが何でもするから、奥さんはからだを休めているんだよ」

と言って、かいがいしく立ち働いてくれた。こうして、葬儀もつつがなくすんだ。

葬儀の前後は、何かと人の出入りも多く、あわただしかったが、それが終わると親戚《しんせき》の

人たちも、富山から来ていた母方《ははかた》の「榎《えのき》のおばあちゃん」のほかはみな引きあげてしまい、家の中はひっそりと火が消えたようになってしまった。

お坊さんは、お通夜《つや》から初七日《しょなぬか》の法事《ほうじ》の日まで、毎日、お経《きょう》をあげに来てくれた。忌引《きびき》で学校を休んでいたぼくは、何度かそのお経を聞いているうちに、その一節が耳にこびりついてはなれなくなってしまった。それは、次の一節だった。

「……朝《あした》には紅顔《こうがん》ありて夕《ゆうべ》には白骨となれる身なり。すでに無常《むじょう》の風きたりぬれば……」

当時十四歳になったばかりのぼくが、お経の文句《もんく》に惹《ひ》かれるなど、ふつうならあり得ないことだったろう。しかし、あの夜のとつぜんの事故いらい、みるみる容態《ようだい》が変わり、わずか四日間でこの世を去っていった父の死のいちぶしじゅうを目撃《もくげき》したぼくには、このお経の文句が痛切《つうせつ》に理解できたのだった。

新しいいのち

悲しみの十一月も過ぎ、十二月に入ったその夜、母に出産の予兆《よちょう》があらわれた。祖母に命じられ、ぼくは大急ぎでお産婆《さんば》さんを呼びに行った。帰ってみると、母は茶の間に床をとって寝ていた。

ぼくはお湯をわかしたりしたあと、奥の部屋で横になった。苦しそうな母のうめき声が、とぎれとぎれに聞こえてくる。家の中にはただならぬ気配《けはい》がただよい、ぼくの心も高ぶっていた。不安な時間がゆっくりと過ぎていく。

夜ふけ、とつぜん茶の間に、かん高い産声《うぶごえ》がひびいた。生まれた！　しばらくたって、呼ばれて茶の間に入っていくと、お産婆さんと二人の祖母に見守られて、母が寝ていた。その横に、小さな赤ん坊の顔があった。

「女の子だがいね」

祖母が教えてくれた。そっとふとんのそばにすわったぼくと妹に、母がよわよわしくほほえんだ。半月前、一つの死に見舞われた家に、いま新しい一つのいのちが生まれた。家の中に、小さな灯《ひ》がポッとともったようだった。

赤ん坊の命名《めいめい》は、母とぼくが中心になって、あれこれと考えた。母の名は「ゆき」、白い「雪」ともとれるが、「幸《ゆき》」ともとれる。そして母の兄、つまりぼくの伯父《おじ》の名が「幸太郎」、そうだ「サチコ」がいい、と考えた。それに、ぼくの「伊佐男」の「佐」の一字をとって、赤ん坊の名は「佐智子」と決まった。

お七夜《しちや》の日、ぼくは、かつて父がぼくや妹のときにしてくれたように、半紙に墨《すみ》で新しい妹の名まえをしたためた。

——命名　佐智子　昭和十八年十二月二日
父のように上手《じょうず》ではなかったが、心をこめて書いた。

それからしばらくして、「榎のおばあちゃん」は富山へ帰っていった。

勤労動員

年が明け、冬が去り、春を迎えた。妹の和枝《かずえ》は、国民学校（小学校）初等科六年を終え、高等科へ通《かよ》いはじめた。高等科の修業年限は二年（いまの中学二年まで）である。父が健在であったら、当然、女学校へ行けたのだ。ぼくだけは、あの日、病室の前で母が、上の学校には行かせられないといったが、中学だけはとにかくつづけるように、というので、妹にすまないと思いながら、中学三年に進級した。

このころ、戦局はいよいよきびしくなり、物資の欠乏もいちだんと深刻になっていた。お米は以前から配給《はいきゅう》制になっていたが、それに加えて味噌《みそ》、醬油《しょうゆ》、食用油、お酒、塩、砂糖などからマッチ、石鹼《せっけん》などにいたるまで、自由に買うことができなくなってしまった。それらは、東京都が発行する「家庭用品購入通帳《こうにゅうつうちょう》」についている購入券と引きかえで買うしかなく、その量もきびしく制限されていた。さらに、夏からは砂糖の配給はまったくストップしてしまった。

中学三年に進級はしたものの、まともに授業を受けられたのはごくわずかで、一学期の中途からぼくたちは勤労動員に駆《か》り出されることになった。青年、壮年の男は次々に軍隊に召集《しょうしゅう》されてしまったので、そのあとの労働力不足を補《おぎな》うため、ぼくたち中学生や女学生までが工場や土木作業の現場に動員されたのである。

ぼくたちの動員先は、国鉄沿線の民家の取り壊《こわ》し作業の現場だった。総武線の両国駅と錦糸町駅の間、高架《こうか》になっている線路に沿って、その両側五十メートルくらいの範囲内に建っている家をすべて取り除き、空地《あきち》にしてしまうのだ。強制疎開《そかい》といって、そこに住んでいた人たちは、政府の命令でいやおうなく立ち退《の》いていかなくてはならなかった。

こうして空家《あきや》になった建物から、ぼくたちは畳《たたみ》や建具《たてぐ》を取りはずして荷車に積み、ガード下まで運《はこ》んでいって、そこに積み重《かさ》ねる。そのあと、おとなたちが空家の電話線や電線をはずし、家を支えている何本かの柱に鋸《のこぎり》を入れる。そうしておいて、中の一本の柱に長く太いロープをゆわえつけ、それを大勢《おおぜい》でいっせいに、掛け声をかけながら引っぱるのである。

さすがに一度では倒れないから、手をゆるめてはまた掛け声とともに引っぱる。それをくり返すうちに、家の揺れ動く振幅《しんぷく》がしだいに大きくなっていき、ついにはドドドドーッと大きな地響きをたてて家は手前の方に崩《くず》れ落ちる。あらかじめ水をまいてからやるのだが、ものすごい土ぼこりが舞い上がった。

こうして夏まで、ぼくたちは強制疎開の取り壊し作業にかよった。やがて二学期が始まり、しばらく学校に戻ったものの、十月に入るとまた勤労動員に出て行くことになった。

こんどは動員先が二つに分けられ、ぼくを含む三十人あまりは、平井にある東邦亜鉛《とうほうあえん》というドラム缶《かん》をつくる工場に振り分けられた。工場は、城東区（現在の江東区）との境《さかい》を流れる中川に面して江戸川区側にあった。ほぼ百メートル四方の敷地に数棟《すうとう》の建物が並んで建っており、三、四十人の従業員が働いていた。

動員でやってきたぼくたち中学生は、ドラム缶製造の工程《こうてい》にしたがって、機械・熔接《ようせつ》・検査の三つの班に分けられた。このうち機械班は、工程の初めの部分を受け持ち、亜鉛《あえん》メッキされた長方形の鉄板《てっぱん》を、ローラーをくぐらせて円筒《えんとう》形にし、さらに上下に円《まる》い鉄板を取り付けるところまでやる。次に熔接班は、その取り付け部分をバーナーでどろどろに熔《と》かして熔接をする。最後に検査班は、そのドラム缶を大きな水槽《すいそう》に浸《つ》け、缶の上部にある小さな蓋《ふた》のところから圧搾《あっさく》空気を送り込んで、熔接が不十分で空気がもれないかどうかチェックをするという仕事であった。こうして出来上がったドラム缶に、おとなの工員がペンキで塗装《とそう》して最後の仕上げをするのである。

ぼくは、先生の助手として事務を受け持たされたが、熔接作業がおもしろそうだったので、そちらにも入れてもらい、事務の仕事の合い間に熔接をやってみた。しかし、じっさいにやってみると、色の濃いサングラスをかけ、右手にガス・バーナー、左手に長さ一メートルの熔接棒を持っての仕事は、とても危険で厄介《やっかい》な作業だった。悪戦苦闘して一個の熔接を仕上げるのに、たっぷり一時間はかかったろう。

工場へ来てしばらくたったある日のことである。機械班のS君が、手ぶくろごとローラーに手をはさまれるという事故が起こった。右手の中指を第二関節までつぶされたが、S君はこう言ったそうだ。

「もし、人さし指か、くすり指だったら、軍隊に行けなくなったけど、中指でよかった」

つまり、銃の引き金《がね》をひくのに使う指がたすかった、というのだ。

工場に派遣《はけん》されてきていた監督将校は、この話を伝え聞いて、S君の心がまえをみんなの前で賞讃《しょうさん》した。

東京大空襲

工場へかよっているうちにその年は暮れ、一九四五年(昭和二〇年)を迎えた。そのころから、すでに七十八歳になっていた祖母はぐあいが悪く、床について起き上がれなくなった。毎日のようにお医者さんが往診《おうしん》に来てくれたが、快復の見通しは立たなかった。

冬のさなか、二月十日の昼まえに、祖母の死を知らせる電話が、母から工場に入った。

ぼくは早退《そうたい》して、急いで家に帰った。

祖母の葬儀《そうぎ》は、父のときにくらべてひっそりとしたものだった。それはたんに、弔問客《ちょうもんきゃく》が少なかったということだけではない。このころはすでに、燃料不足のために霊柩車《れいきゅうしゃ》も動いておらず、お棺《かん》を荷車にのせて、火葬場《かそうば》まで歩いて運ばなければならなかったのだ。

こうしてぼくの家は、父につづいて祖母も亡くなり、母とぼく、妹、そして赤ん坊の佐智子の四人だけになってしまった。

祖母の死からひと月たった三月九日夜半《やはん》、正確には十日午前零時《れいじ》を過ぎてまもなく、空襲警報《くうしゅうけいほう》が発令《はつれい》されるかされないうちに、アメリカのB29爆撃機の大群が投下した焼夷弾《しょういだん》の猛爆によって、東京の下町一帯からものすごい火の手があがった。小岩《こいわ》のぼくの家のあたりはぶじだったが、そこから見る西の空は赤く染まり、それがみるみる広がって、いちめん真っ赤になっていった。

宵《よい》の口から吹きはじめた強い北風が、ますます無気味《ぶきみ》な激しさを加えていった。はじめのうち、申しわけ程度に聞こえていた高射砲《こうしゃほう》の迎撃《げいげき》の音もまもなくとだえ、おびただしい数のB29が、わがもの顔に、ひっきりなしに低空を飛びつづけた。

これが、東京大空襲であった。その火の海の中で、わずか二時間あまりの間に、八万人以上（十万人ともいわれる）のいのちが奪われたのである。

夜が明けた。電車はもちろん不通になっていた。ぼくは、勤労動員先の平井の工場まで歩いていくことにした。

江東地区で焼け出されて、いのちからがら千葉方面へ避難《ひなん》していく人々の流れに逆行《ぎゃっこう》する形で、ぼくは千葉街道《かいどう》を都心の方へ歩いていった。すれちがうどの顔も、煤《すす》だらけであった。ものすごい煙の中にひと晩中さらされていたためか、だれもかれもが目をあけているのが辛《つら》そうで、ボロボロに疲れたからだを引きずって歩いていた。

小松川橋を渡るとき、ふと下を見ると、水面に丸太のようなものが重なり合うように浮かんでいた。よく見ると、それは丸太ではなかった。黒焦《くろこ》げになった人々の死体であった。ぼくの全身を戦慄《せんりつ》がつらぬいた。

橋を渡り終えると、そこから先はいちめんの焼け野原だった。あちこちで、まだ火がブスブスとくすぶっていた。太陽は、煙のために輝きを失って、にぶく黄色に見えた。

平井の工場まで、ふだんは電車で二駅《ふた》のところを、二時間ほどかかってたどりつくと、工場もやはり丸焼けになっていて、機械類だけがあちこちに残骸《ざんがい》をさらしていた。更衣室《こうい》のあった木造の二階建ても焼け落ちて、ロッカーに入れておいたぼくの本や作業服も、もちろん焼けてしまっていた。

会社の人も何人か来ていたが、だれもがなすすべもなく、黙って立ちつくしていた。先生の姿も見えず、いつまでいても仕方がないので、家に戻ることにした。

こんどはさっきとは反対に、避難者の群《むれ》にまじって、焼け野原の中の千葉街道を引き返した。家に着いたときは、もう昼近くになっていた。

一方、母は、ぼくが出かけたすぐあとから、家の近くを通る千葉街道に出て、避難していく人たちに、おむすびを手渡していた。お釜《かま》で炊《た》けるだけの御飯《ごはん》を炊いて、おむすびにすると、通りに出て、道を行く人にくばり、なくなるとまた家に戻って御飯を炊き……というぐあいに何度もくり返したという。ぼくの家だって、お米があり余っていたはずはないが、ボロボロになって避難《ひなん》していく人々の姿に、母はいても立ってもいられなかったのだろう。

昼を過ぎて戻ってきた母は、ぼくたちといっしょに遅めの昼食《ちゅうしょく》をとりながら、早く話さないではいられないという感じで、避難していった人たちについて話した。

「……みんな、目を真っ赤にはらして、やっとのことで歩いているの。もう気の毒《どく》で、気の毒でね……。みんなおなかをすかしていて、おにぎりを、ほんとに喜んで食べてくれてね、お茶も、おいしいおいしいって飲んでくれたの。とってものどがかわいていたようだった……」

何度も箸《はし》を休めては、母は避難者の悲惨な様子について話しつづけた。

——背中におぶった赤ちゃんが死んでいるのに、気がついているのかいないのか、ただ放心したように歩いていた母親のこと、防空壕《ぼうくうごう》は危ない、防空壕に入っていたために死んだ人がたくさん出たようですよ、と熱心に忠告していった人のことなど……。

ぼくもまた、午前中に見てきたいちぶしじゅうを、母に話した。

富山から来た祖母

昼食のあと、母はまた御飯《ごはん》を炊《た》いておむすびをつくり、千葉街道へ出て行ったが、しばらくすると意外な人を二人ともなって戻ってきた。一人は親戚《しんせき》の中村の叔父《おじ》さん、いま一人は富山の母方《ははかた》の祖母「榎《えのき》のおばあちゃん」であった。

二人は、避難《ひなん》者の群《むれ》にまじって千葉街道を歩いてきて、おむすびを手渡していた母と、バッタリ顔を合わせたのだそうだ。向こうも驚いたが、母の方がもっと驚いた。というのも、中村の叔父さんは軍隊に入っていて千葉県の四街道《よつかいどう》にいるはずだったし、祖母の方は富山にいるはずだったからだ。

聞けば、祖母は、ぼくたち一家に疎開《そかい》をすすめに上京してきたという。それまでも、祖母は、日に日に空襲が激しさを増していく東京にいるぼくたちを気づかって、早く富山へ疎開してくるようにと、母のもとにたびたび手紙を寄せて説得していた。しかし、それに対して母は、富山に帰ってもかえって気苦労が多いだろうし、祖母の家（母の兄・幸太郎伯父の家）も家族が多く、そこに同居させてもらうわけにもいかないので、それよりも東京でがんばっていたいと、祖母の申し出をことわりつづけていたのだった。

祖母としては、そんな母が心配でたまらなかったが、年寄《としよ》りの身では一人で東京へ出てくることもできず、ただ気をもんでいるばかりだった。そこへ、たまたま休暇《きゅうか》で富山に帰っていた中村の叔父さんが千葉の部隊に戻るということだったので、同行をたのみ、三月九日の夜行列車で上京してきたというわけだった。

ところが、そうして上野駅に着いたのが空襲直後の十日の早朝。総武線が不通のため、秋葉原駅から小岩まで、ざっと十二、三キロの道のりを、まだ余燼《よじん》のくすぶるなか、七十歳近くの祖母は歩いてやってきたのだった。その途中で見た悲惨な光景は、祖母を茫然《ぼうぜん》とさせてしまったようだ。

「亀戸《かめいど》の駅のそばのようだったがやれど、水がいっぱい出とって、ひざぐらいまで浸《つ》かりながら歩いてきたがいね。そしてハヤ、焼けて死なれた人たちが積み重《かさ》なって山のようになっとったがいね。まっでなも（まるでもう）地獄《じごく》やったちゃ。ほんとにおとろしいこっちゃがいね……」

何度もため息をつきながら祖母は言うと、さっそく母へ疎開をすすめるのだった。

「こんなところにおってちゃ、いかんがいね。あんたたちも、はようなと、富山へ帰らんにゃ、だちゃかんちゃ」

富山へ引きあげずにこんな東京にいたのでは、これから先どうしようもない、というのである。つづいて、祖母は、くり返し富山への疎開を説得《せっとく》した。

ひと休みしたあと、中村の叔父さんは四街道の部隊へ発《た》っていった。祖母も、母も、心からお礼をのべていた。

数日泊まって、祖母が富山へ戻っていったあとも、母はしばらく疎開するかどうかでずいぶん迷っている様子《ようす》だった。富山へ引きあげたあと、どうやって暮らしを立てていったらよいのか、だいいち、だれにも気がねせずに住めるところを保証《ほしよう》されているわけではないのだ。祖母は、引きあげて来さえすれば何とかすると言っていたが——。

しかし、このまま東京にとどまれば、いつあの大空襲の犠牲者《ぎせいしや》と同じ運命に見舞われるかも知れない。母が、ぼくたち三人の子どもの生命の危険と、富山での生活についての危惧《きぐ》のはざまで悩みぬいている様子が、ぼくにもありありと伝わってきた。

ある晩、母がぼくに言った。

「伊佐男ちゃん、やっぱり富山へ行くしかないわね」

ぼくは、そくざに答えた。

「うん、その方が安心だよ。疎開しようよ」

十五歳のぼくは、よその土地へ行く不安よりも、そこでの未知の生活への期待の方が大きかったのだ。

「そうする？　そうね、やっぱりそうしようね」

母は、つぶやくように言った。半《なか》ば、自分に言い聞かせるように。

疎開の準備

疎開することが決まって数日後、近所の人から、その家の親戚《しんせき》のNさん一家に、ぼくたちの家を貸してやってほしいという頼みがあった。Nさん一家は、三月十日の空襲で焼け出されたのだそうだ。富山へ疎開《そかい》しているあいだ、家をどうしたらよいものか、思案《しあん》していたところだったので、母はその頼みを承知した。

しかし、玄関のすぐわきの、生前、祖母が寝起きしていた四畳半と、もと浴室で物置にしているところだけは貸さずに、ぼくたちで使うことにした。疎開中に、何かの用で東京に出てくるときに寝泊まりできるようにということと、いま一つ、家具は全部残していくことにしたので、それを収納《しゅうのう》しておく場所が必要だったからである。ぼくたちとしては、そう長い期間、疎開しているつもりはなかったので、一年間の約束でNさん一家に留守《るす》を預かってもらうことにした。

それからまもなく、Nさんたちが移ってきた。それまでぼくたちが寝室にしていた奥の部屋に入ってもらった。Nさん一家は、老夫婦と、戦地に行っている息子さんのお嫁《よめ》さん、三歳の女の子、それに息子さんの姉さんの五人家族だった。

一方、ぼくたちは、疎開するまでのあいだ茶の間で寝起きすることになった。

こうして、留守中の家の手当てはついたが、これが実は、のちにぼくたちをさんざん悩ませることになる。

Nさん一家が越してきてから数日後に、区役所から疎開を許可する証明書が出た。それを持って、ぼくは、三月二十六日朝、上野駅まで汽車の切符《きっぷ》を買いに出かけた。そのころの国鉄は、軍用の物資や人員の輸送を優先して、民間人の旅行はきびしく制限されており、そのため証明書も何もなしに駅へ行ったところで、長距離列車の切符は売ってもらえなかったのである。

前に父が亡くなったとき親身《しんみ》になって世話《せわ》をしてくれた後《うし》ろ隣《どなり》の小野寺さん一家も、ちょうど、ぼくたちと同じ日に、郷里の宮城県の鳴子《なるこ》へ疎開することになっていた。ぼくは、小野寺さんの家のぼくより一つ年下の女の子と、それからその弟といっしょに、上野駅の切符を買う行列《ぎょうれつ》に加わった。

疎開列車

それは、長い長い行列だった。その上にさらに、列車を待つ人の行列も加わって、駅の構内《こうない》は人でごったがえしていた。というのも、三月十日の大空襲以後、それまでは市民の疎開を抑《おさ》えようとしていた政府の方針が変わって、疎開の条件をゆるめ、さらには疎開を奨励《しょうれい》するようになっていたからだろう。

一方、市民の間でも、大空襲の前までは、(学童《がくどう》疎開などは別として) 疎開というものは、敵に後《うし》ろを見せる卑怯《ひきょう》な行為として、何とはなしに「非国民」のイメージがつきまとっていたものだが、いまはそれどころではなくなっていた。三月十日以後のわずか二十日ほどで、東京から地方へ疎開していった人の数は、実に八十万人をこえたという。

行列に並んで夜を明かしたあと、ぼくたち三人は、それぞれの家族の切符を手に入れて、ようやく家に帰った。

三月二十八日、いよいよ出発の朝を迎えた。思えば三歳のときから十五歳のこの日まで、ぼくの幼少年期はこの家とともにあったのだった。子どものころ、クレヨンでいたずら書きした壁《かべ》、木のぼりの真似《まね》をして母に叱《しか》られた柱《はしら》とも、これで当分はお別《わか》れだ。

荷物を持って玄関を出る。門までの石畳《いしだたみ》の両側に並んでいる玉伊吹《たまいぶき》、その奥のヤツデ、そして庭木戸の向こうの大小一対《いっつい》の松の木、沈丁花《じんちょうげ》……。植木の好きな父が元気だったころ、植木屋さんを呼んで手入れをさせていた庭は、まだどうにか体面をたもっていた。松の木の前の地面で、石けりやメンコやビー玉をして遊んだこともあったっけ……。ぼくは庭の木にも、心の中で「さようなら」を言って門を出た。

その日のぼくは、服の上に父の残したオーバーを二着《ちゃく》も着こんで、ポケットというポケットにはいろんな小物《こもの》を詰め込んでいた。当時は、疎開の荷物として鉄道便《びん》で発送できる量が制限されていたので、疎開者はたいてい持てるだけの荷物を手にして列車に乗り込んだのである。

上野駅の構内には行き先別にいくつもの行列ができていた。ぼくたちは、その中の、長野経由《けいゆ》・北陸線まわりの大阪行き列車の行列に加わった。

正午を過ぎ、日が暮れ、夜もふけて、やっと人々の長い列が駅員の誘導《ゆうどう》でぞろぞろ動きだした。改札口《かいさつ》を通り、列車の最後尾《さいこうび》あたりまでは駅員に誘導されておとなしく歩いていったが、それから先はみんないっせいに走りだした。まごまごしていて積み残されると、また翌日の同じ時刻まで待たなくてはならないのだ。みんな、重い荷物をかかえ、夢中《むちゅう》でホームを駆《か》けていく。

やっとのことで列車に乗り込むと、座席はすでにふさがっており、通路にも人があふれていた。それでもぼくたちは、あとから乗り込んでくる人たちにぐいぐい押され、車両《しゃりょう》の中ほど近くまで押し込まれてしまった。通路には網棚《あみだな》にのせきれない荷物も置かれ、ぎっしりと人が詰《つ》まって、身うごきひとつできない。

午後十一時ころ、発車のベルが鳴り、列車がすべりだした。ほどなく荒川の鉄橋を渡り、列車が埼玉県《さいたま》に入ると、車内にはどことなくホッとしたような空気が漂《ただよ》いはじめた。危険な東京から離れることができ、やっと緊張《きんちょう》がほぐれはじめたのだった。そんな気配《けはい》は、夜が明けて、長野盆地《ぼんち》を過ぎ、新潟《にいがた》県境に近づく上《のぼ》り勾配《こうばい》にかかり、車窓《しゃそう》に雪景色《げしき》が見えてくると、いっそう深まっていった。ここまで逃げのびることができたのだ、もう大丈夫だ――という感じであった。

緊張がゆるんでくると、こんどは疲労感が耐《た》えがたくなってきた。なにしろ夜からずっ

悲しみを捨てた町

と立ちづめで、しゃがむことすらできないのだ。母は、佐智子をおぶったまま、おむつも取りかえてやることもできなかった。それに、トイレに行くのがまたたいへんだった。通路は人がびっしりで通れないから、通路側のひじかけをつたっていくのだ。列車が直江津《なおえつ》を過ぎて日本海沿《ぞ》いを走りはじめたころ、ぼくもひじかけの上をつたってトイレへ往復した。

こうして約十三時間、正午ごろ、〃疎開列車〃は富山駅に着いた。

富山は静かだった。駅を出ると、ぼくは思わず深呼吸《しんこきゅう》をした。この年、富山は十数年ぶりの大雪だったといい、家々の陰《かげ》には人の背丈《せたけ》をはるかにこえる雪が残っていた。そしてその家並《やなみ》のかなた、東の方には、白銀の立山連峯《たてやまれんぽう》が、巨大な屛風《びょうぶ》をひろげたようにそびえ立って、美しく輝いていた。焼け跡《あと》を見慣《な》れた目には、まるでウソのような平和な世界が、そこにあった。

ぼくたちは、とりあえず「榎《えのき》のおばあちゃん」のいる榎の家に世話《せわ》になることになった。

富山中学生になる

あれほど多かった残雪《ざんせつ》もいつとはなしに消えてゆき、北陸の地にも遅い春がやってきた。疎《そ》開《かい》してひと月ほどたったころ、県立富山中学四年への編入許可通知がとどいた。

指定された日時に、母といっしょに学校へ出向き、案内されて応接室へ入ると、すでにぼくたちと同じような二《ふた》組の親子が並んで腰かけていた。

まもなく先生らしい人が入ってきて、ぼくたちに向かってあいさつした。

「私がみなさんを担任する清田です」

清田先生はつづいて、ぼくたちの氏名などを確認し、事務連絡を告げたあと、こう言った。

「みなさんには、明日から、東岩瀬《いわせ》の港の勤労動員に行ってもらうことになります。からだに気をつけて、お国のためにしっかりがんばってください」

富山の中学でも、待っていたのはやっぱり勤労動員だったのだ。

榎の伯父の家に戻ると、母は、東京にいたときぼくがかぶっていた戦闘帽《せんとうぼう》に、白い布で白線を縫《ぬ》いつけてくれた。これに徽章《きしょう》をつけると、たちまち富山中学生の帽子に早変わりである。というのも、この当時の中学生はみな、陸軍の兵隊と同じ戦闘帽をかぶっていたからだ。それはカーキ色で、その色のことを国防色《こくぼうしょく》といっていた。

ついでにいうと、学生服も国防色に統一されていた。その学生服の生地《きじ》は人絹《じんけん》（人造絹《けん》糸《し》）とか、スフ（ステープルファイバーの略）とかといって、いまの化学繊維《せんい》にくらべると格段に弱かった。だから、上着《うわぎ》の肘《ひじ》やズボンの膝《ひざ》などの部分はすぐにすりきれてしまい、そこに継《つ》ぎを当てて着るのがあたりまえだった。

ともあれ、こうしてぼくは富山中学四年生となった。

港での勤労動員

翌日から、東岩瀬港《いわせこう》への通学（通勤？）が始まった。富山駅から出ている国鉄の支線・富山港線で二十分たらず、東岩瀬駅で降《お》り、民家がまばらに建っている道を五、六分歩くと、東岩瀬港の南寄りの埠頭《ふとう》の手前に出る。そこに小屋《こや》があり、そこがぼくたちの集合所であり、荷物置場であった。

午前八時に朝礼。そこで清田先生が、百人ほどの生徒を前に、ぼくたち三人の編入生を紹介した。それがすむと、さっそく仕事だ。上着《うわぎ》をぬいで、かわりにチョッキのようなものをつけ、石炭を運《はこ》ぶための竹籠《かご》を背負《せお》って、先生のあとにつき、ぞろぞろ岸壁《がんぺき》の方へ歩いていった。

この港は富山市の外港になっていて、貨物船が何隻《せき》も停泊《ていはく》していた。また、岸壁のすぐ手前まで貨車の引き込み線が入っており、無蓋《むがい》の貨車が何台も止まっていた。岸壁には艀《はしけ》が接岸《せつがん》しており、それには沖の貨物船から積みかえた石炭が満載《まんさい》されていた。その艀へ、岸から渡された細い板をわたって、竹籠を背負ったぼくたちは順々に降《お》りていく。するとスコップを持ったおとなの仲仕《なかし》が、石炭をすくってぼくたちの籠の中にほうり込むのである。

竹籠が石炭でいっぱいになると、ウムッと力をこめて立ち上がる。その重さは、たぶん四十キロはこえていたろう。そいつを背に、次は勾配《こうばい》のついた細い板を渡っていく。下を見ると、五、六メートル下方に暗緑色《あんりょく》の水面が見える。両肩の骨にくいこんでくる石炭の重さに、腰がふらつきそうになるのをこらえて、この板の橋を渡るときは必死だった。事実、この橋から水中へまっさかさまに落ち、危うく助かった仲間もいた。

そのあと、貨車のところまで行き、再び貨車の上に渡された橋をわたって、貨車の中に籠の石炭を空《あ》けるのである。このときは、腰をかがめてハズミをつけ、エイッとばかりに籠の石炭を投げ出すのであるが、ところがタイミングが狂《くる》って、上体を起こすのが早すぎたりすると、石炭の粉《こな》やかけらが、シャツの首すじから背中へ入り込んでしまうのだった。

竹籠が空《から》になると、休む間もなく、また艀へ降りてゆき、石炭を詰《つ》め込まれて上がってくる。それはあたかも、ベルトコンベアーにのせられているかのごとく、途中で立ち止まることを許されなかった。

そのうちにやがて、からだ中が汗で濡《ぬ》れ、どんなに要領《ようりょう》よく石炭を空けたつもりでも、背中はしだいにジャリジャリになってくる。さらに往復《おうふく》をくり返すうちに、足はガクガクになり、肩や腰の苦痛はいよいよ耐《た》えがたくなる。

こうして、二、三十回も石炭を運《はこ》び上げたころ、やっと監督がこう怒鳴《どな》るのだ。

「休憩《きゅうけい》!」

倒れるようにすわり込んで、やかんの水をまわし飲みする。この休憩が午前中に一回、十五分ほどあった。それが終わると、また〝人間ベルトコンベアー〟である。

二艘《そう》ほどの艀の石炭が空《から》になったところで、その日の作業は終わりになる。終わる時刻は、日によって多少ズレたが、だいたい昼を少し過ぎたころであった。

三日たち、四日たちして、作業場の雰囲気《ふんいき》には少しずつ慣《な》れていったが、反対にからだの方は、あちこち痛いところだらけになっていった。休みは六日に一日の割合《わりあい》であったが、その日は一日中ぐったりして、何もする気になれなかった。

こうして働いているうちに、ぼくたちの前にもすでに何人かの編入生がいることがわかってきた。またぼくたちのあとからも、編入生がポツリポツリと入ってきて、編入生の数は十名くらいになっていた。東京からの疎開組が大半だったが、ほかに横浜、名古屋、神戸などからも来ていた。

よその土地から来たこの編入生たちは、この土地の生徒たちから見れば〝よそもの〟であった。だいいち、話し方ひとつとっても、この転校生たちはアクセントがちがう。また、土地の生徒の方から何か話しかけても、その方言がわからないので、キョトンとしていることが多い。それが、スマシているようにも見え、また、いまでいうとツッパッているようにも見えたのだろう。そこで、転校生たちは、土地のツッパリ的な生徒たちに呼び出され、取りかこまれて、ビンタの洗礼《せんれい》を受けたのである。

〝よそもの〟を恐れ、迫害《はくがい》する心理の底には、日本人特有の狭い島国根性《こんじょう》がはたらいていたのだろう。転校生たちが次々に呼び出しを受け、今日《きょう》はだれが殴《なぐ》られたとかいう話を聞くと、ぼくも近いうちに一度はやられるだろうと観念《かんねん》しないわけにはいかなくなった。

ところが、いつになっても、ぼくにはいっこうに呼び出しがかかってこない。ふしぎに思って、そのころ少し親《した》しくなっていた土地の生徒にたずねてみると、その友達は、ぼくが殴られないわけを、こう説明してくれた。

「あんにゃは（おまえは）、富山弁で話してもすぐわかるさかいにな」

この冬亡くなったぼくの祖母は、そのむかし父母たちと東京に出てきてからも、富山弁で話すことをやめなかった。だから、ぼくは、物心《ものごころ》ついてからずっと祖母の富山弁を聞いて育った。そこでぼくは、富山弁をみずからしゃべることはなかったものの、聞きわけることだけは身についていたのだ。亡き祖母は、ひょんなところで、ぼくに功徳《くどく》をほどこしてくれたわけであった。

無情《むじょう》な隣人《りんじん》

榎《えのき》の伯父の家には、もともとどこかに部屋が見つかるまでという約束だったので、ぼくの富山中学編入が決まると同時に、ぼくたちは伯父の家から堀岡村の農家の一室に移っていった。その部屋は、同じ村に住む中村さんの叔母さん（あの千葉の部隊にいる中村さんの奥さんである）のつてで借りてもらったのである。

堀岡村は、日本海に面した半農半漁の村である。海岸沿いに、数百メートルにわたって細く帯状《おび》に家が軒《のき》をつらねている。富山市からは西北の方角にあたり、射水《いみず》線の電車で四十分ほどかかる。部屋を世話《せわ》してくれた中村さんの家は、村のほぼ中央に位置していて、堀岡の駅はそれと背中あわせのところにあり、その南側は見渡すかぎり水田である。

この水田のはるか遠くに、二、三軒《げん》の農家が、あたかも海に浮かんだ離れ小島のように見えた。駅に降りたときに、母はその離れ小島を指さし、あれがこれから私たちが住むところだと、ぼくと妹に教えてくれた。

離れ小島へ行くには、リヤカーも通れないような細い道を、二十分近くも歩かなくてはならなかった。道の右側には、道に沿って幅四、五メートルの運河《うんが》が流れている。

内務省《ないむしょう》地理調査所（現在の国土地理院）発行の五万分の一地図によると、このあたりの標高《ひょうこう》は、マイナス二メートル、つまり海面より一段と低くなっている。そしてこのあたり一帯は湿田《しつでん》になっているので、運河が縦横《じゅうおう》にめぐらされ、もっぱら小舟が、人や農具などの運搬《うんぱん》に利用されていたのだった。

そんなわけで、ぼくたちの荷物も、たいした量ではなかったが、これから世話になる農家——Fさんの主人に小舟で運んでもらった。

こうして、ぼくたちの堀岡村での生活が始まった。ぼくたちが借りた部屋は土間のすぐ左側の四畳《じょう》で、一家四人が暮らすにはたいへん窮屈《きゅうくつ》だったが、ぜいたくはいえなかった。また、ここには電気が来ていないので、夜はほの暗いランプの下で過ごすことになったが、そのランプをともす油も不足がちだったので、夜は早く床につくことになった。ラジオは、電気がないのに持ってきても仕方がないので、中村さんの家で預かってもらっていた。ここには、新聞も配達されてこなかった。

さて、この堀岡から勤労動員先の東岩瀬の港まで通《かよ》うには、いったん富山市内を経由《けいゆ》しなくてはならないので、かなり時間がかかる。それで朝は、五時十九分発の一番電車に乗ることになった。そのため母は、ぼくのために毎朝三時半には床をぬけ出し、御飯《ごはん》を炊《た》き、味噌汁《みそしる》をつくり、弁当を用意してくれた。当時は、御飯ひとつ炊くにも、火吹き竹を使って火を起こすことから始めなければならなかったからである。

やがて晩春から初夏へと、季節は移り、日脚《ひあし》は徐々に伸びていったが、母の起きるのはいつも夜明け前であった。

一方、妹は、堀岡村にある国民学校の高等科に編入され、毎日、あの畦《あぜ》道のような細い道を往復していた。

堀岡村へ来て、はじめのうちは、Fさん一家はとても親切だった。忙しい農作業の合い間に、餅《もち》をついたときなど、

「口にあうかどうか、食べてみてくたはれ」

と、持ってきてくれたりした。しかし、そのうちに、その態度は急速に変わっていった。

ぼくと妹を送り出したあと、母は、佐智子をみるかたわら、Fさんの家の農作業を手伝っていた。田植えなども慣《な》れない手つきでやったようだ。ぼくも、休みの日はぐったりし

て横になっていたかったのだが、多少は手伝うこともあった。

しかし、こんなぼくたちの労働力では、Fさんから見るとどうにも我慢《がまん》のならないものらしかった。それに、Fさんには、ぼくたち一家が元〝高級官僚《かんりょう》〟の遺族《いぞく》で、かなりの財産《ざいさん》を持っているはずだ、という思い込みがあったようだ。ところが、やってきてみると、たいした家財《かざい》があるわけでもない。こんな人たちだったら、わずかな家賃《やちん》をとって部屋を貸してもしようがなかったと、しきりに後悔《こうかい》したようだった。

それならせめて、労働力を、ということなのだが、これがまた期待《きたい》はずれだったから、小母《おば》さんの態度《たいど》は目に見えて変わっていった。

「油は足《た》りないから、もうこれからは分《わ》けてあげられん」

そう宣告《せんこく》されて、ランプの燃料《ねんりょう》はストップした。それからは、日が暮れてしまうと、暗い中では何もできはしないのだから、ぼくたちは寝てしまうよりほかなかった。

その後も小母さんの態度は邪険《じゃけん》になる一方だった。何かにつけてぼくたちに文句《もんく》をいい、時に異常とも思えるような激しい憎悪《ぞうお》を見せることさえあった。それに対して、おとなしい母は、どうすることもできず、ぼくに向かって、

「こんな思いまでしてここにいるのは、もういやだわね。とにかく、一日も早くここを出

て、どこかに引っ越そうね」

と、涙声でいうことが多くなった。

こうして、六月いっぱいで、ぼくたちはこの家を引きあげることになったのだが、いよいよ家を出るという前の日の小母さんの怒りようは、どういうわけかものすごかった。

そして翌朝、母が起きて土間を見ると、ぼくたちの履《は》き物が一つ残らずなくなっていた。ふしぎに思い、家の外を見ると、そこに履き物が散乱《さんらん》していたのだ。

母の声で起きたぼくも、その光景を見て茫然《ぼうぜん》となった。前の晩に、小母さんが外へほっぽり出したものにちがいなかった。母は、

「いくらなんでも、これはひどすぎるわ」

といって、肩をふるわせて泣きじゃくった。なんの因果《いんが》でぼくたちはこのような仕打ちを受けなくてはならないのかと、ぼくの胸も憤《いきどお》りでふるえた。

荷物を持って家を出るときも、小母さんはぼくたちの前に姿を見せなかった。小父《おじ》さんは、口数《くちかず》が少なくおとなしい人だったが、二カ月前にここへ来たときのように、荷物を小舟に積んで運んでくれた。小父さんは、すべてを承知していて、母に詫《わ》びたい様子《ようす》がありありとうかがわれたが、それを口に出すことはしなかった。運河の終わりまで来て、荷物

を道路に上げるのを手伝ってくれた小父さんは、そのままた引き返していった。

市内に戻って

富山市へ戻ってきたぼくたちは、市の中心部から少し南に下《さ》がった星井町に、二階の六畳《じょう》を借りて住むことになった。そこは「山王《さんのう》さん」の呼び名で親《した》しまれている日枝《ひえ》神社に近かったので、母は佐智子をその境内《けいだい》に連《つ》れて行き、遊ばせたりした。

しかし、このころの母は、堀岡でのことがよほど骨身《ほねみ》にこたえていたのか、あまり元気がなかった。佐智子が何かで泣きやまなかったときなど、ぼくに、

「伊佐男ちゃん、ちょっと佐智子の面倒《めんどう》をみてやって」

と、たのんだりした。そんなことは、これまで一度もなかったのに――。

もう一人の妹、和枝の方は、転居につれて星井町の国民学校に転校した。しかしこのころは、高等科の生徒たちはみな「少年少女戦士」の名のもとに工場に駆《か》り出されており、

妹も不二越《ふじこし》という大きな軍需工場へボールベアリングの研磨《けんま》作業に通《かよ》っていた。

星井町での平隠《へいおん》な生活がしばらくつづいたあと、東京の五反田《ごたんだ》にいた従姉妹《いとこ》たちが富山に疎開してくるという便《たよ》りがとどいた。この従姉妹たち三人は、小さいころに両親をなくし、その母親の長兄の家に世話になっていたのだが、五月二十五日の空襲で焼け出されたため、その母方《かた》のおばあちゃんと四人、富山へ来て、ぼくたちの部屋にいっしょに住まわせてほしい、というのである。

しかし、六畳一間《ひとま》に八人も寝起きするのは、とても無理だ。そこで母は、この星井町の部屋はその従姉妹たちに譲《ゆず》ることにして、ぼくたちはまた別のところへ移ろう、とぼくに提案した。せっかく落ちついたのに、と内心《ないしん》思ったが、母の性格を知っているぼくには反対はできなかった。

七月下旬、正確には二十四日に、ぼくたちは星井町から泉町に転居した。泉町は富山市の東部にあり、榎《えのき》の伯父の家のすぐ近くだった。その泉町に家を借りることができたのは、母の幼な友達の稲野さんという下駄《げた》屋の奥さんの世話によるものだった。持ちぬしが郊外《こうがい》に疎開していったあと空《あ》いていた家を紹介《しょうかい》してもらったのだ。

その家は二階建てで、部屋数は四間《ま》ほどあった。久しぶりにまるまる一軒《けん》での生活で、気分がはればれとした。ただ、襖《ふすま》も畳《たたみ》も取りはずして運び去られていたので、夏でもあり、床板《ゆか》の上にむしろを敷いてまにあわせた。それでも、だれにも遠慮はいらないので、家族四人くつろいだ気分で暮らせた。

台所には掘り抜き井戸があって、冷たい水が惜しげもなくコンコンと湧《わ》き出ていた。また家の前には道路に沿って、幅三メートルほどの用水が流れていた。水は澄んでおり、深さ四、五十センチの水底の玉石がきれいに見えた。この用水は、少し北へ行ったところで道路からわかれ、天神様《てんじん》の境内《けいだい》のわきを流れていた。

富山市には、郊外に、妹が勤労動員でかよっている不二越《ふじこし》という大規模な軍需工場があり、いずれは空襲はまぬがれないだろうという漠然《ばくぜん》とした不安は、だれもが感じていた。しかしぼくは、三度目の転居でようやく、一家四人がだれにも気がねなく暮らせる住みかを見つけることができ、これまでの母の心労《しんろう》を思ってホッとしていた。その水いらずの生活が、わずか一週間で断《た》ち切られるとは、そのときは思ってもみなかったのだ。

空襲

泉町に移ってきて一週間たった八月一日夜のことである。十時ごろだったろうか、警戒《けいかい》警報《けいほう》につづいて、空襲《くうしゅう》警報のサイレンの音が無気味《ぶきみ》に鳴りわたった。緊張して耳をすましていると、「ウォーン」という爆音とともにB29爆撃機の編隊が近づいてきて、からだが、おのずと硬《かた》くなる。しかしB29の編隊は、そのまま上空を通りすぎていってしまった。まもなく空襲警報解除のサイレンが鳴った。

「明日《あした》も早いから、もう横になったら――」

母がぼくに言った。うなずいて床についたぼくは、昼間の勤労動員の疲れで、たちまち泥《どろ》のように深い眠りに落ちた。

それからどれほどの時間がたったろう。ただならぬ気配《けはい》にふと目を覚《さ》ますと、あたりは騒然とした物音につつまれていた。――人々が走りまわる足音、呼び合う声、胸を圧するような飛行機の爆音、そして爆弾が炸裂《さくれつ》するような鋭《するど》い破裂《はれつ》音――。空襲だ！

とび起きると、ぼくは母を呼んだ。

「お母さん！」

返事がない。ガランとした暗がりには、母のいる気配《けはい》がなかった。どうしたんだろう？激しい不安が胸をしめつける。

「こわいよォ」

妹も起きてきて、心細い声を出す。そうだ、この妹を早く逃がさなくては――。兄としての自覚が、ぼくに多少の平静《へいせい》さを取り戻させた。

「落ち着くんだ。兄ちゃんもお米や必要なものを持ってすぐ行くから、和枝ちゃんは先に早く逃げるんだ！」

そう言い聞かせながら、枕もとの防空頭巾《ずきん》を手さぐりでひろいあげ、頭にかぶせ紐《ひも》を結んでやった。もんぺはすでに着《つ》けたまま寝ていた。

「いいか、すぐ前の橋を渡って、とにかく東の方へ行けば、田んぼへ出られるからね。そっちへ行くんだ。さあ、急いで！」

妹も、少し落ち着きを取り戻したようだった。

「じゃあ、先に出るから、兄ちゃんも早く逃げてね」

「うん、わかった」

妹が駆《か》け出していき、ぼくは一人になった。ああ、母と佐智子は、ほんとにどこへ行ってしまったのだろう……？　不安で頭がしびれそうになる。しかし、いま、ぼくにはやらなくてはならないことが目前《もくぜん》にあった。ぼくは必死に、自分に言い聞かせた。

「さあ、落ち着くんだ。落ち着け！」

すでに周囲の家々は燃え出したらしく、窓の外はほんのりと明るい。しかし、家の中はやはり暗かった。重要な物を持ち出そうにも、押入《おしい》れの中は暗くてよく見えない。えい、いっそのこと電気をつけて探《さが》してやれ、と決心した。当時は、空襲になると明かりを消すよう命じられていたが、どうせ外はもう火の海なのだ。

電燈《でんとう》のスイッチをひねると、ぼくは防空頭巾をかぶり、ゲートルを巻きながら、ここからいま何を持ち出すか、そして持ち出せない物はどうしたら炎《ほのお》から守れるか、あたりを素《す》早《ばや》く見まわしながら考えた。

衣類は当時、たいへん貴重《きちょう》だった。そこで、上等な方の衣類の詰《つ》まった行李《こうり》を押入れから引っぱり出し、それを紐《ひも》でくくり、家の前の用水に浮かべて、紐を岸にゆわえつけようとした。しかし、岸には杭《くい》のようなものは見つからなかった。しかたなく、行李を水から引き上げ、家の中を通りぬけ裏手に出て、そこに掘《ほ》ってあった防空壕《ぼうくうごう》の中に運《はこ》び入れた。東京で空襲の体験談を数多く聞いて、防空壕などはアテにならないことは百も承知だったが、ほかによい方法もなかった。

次に、持ち出す物を考えた。まず、食べ物だ。この調子では相当の被害《ひがい》が出る。そうなれば、救援《きゅうえん》の炊《た》き出しもアテにはできない。せめて二、三日は自力《じりき》で食いつながなくてはならない。そのために食器も必要だ。それに、佐智子のオムツ——。

というわけで、まず雑嚢《ざつのう》に、米びつから一升《しょう》あまりのお米を入れた。次に、茶碗《ちゃわん》やお椀《わん》、それに箸《はし》を四人分、数枚のオムツを笊《ざる》に入れ、風呂敷《ふろしき》でくるんだ。父の永年勤続《えいねんきんぞく》の記念品の目覚《めざ》まし時計も突っ込んだ。これはずしりと重かった。

これらの作業を、ぼくは軍歌をうたいながらやった。自分の気持ちを落ち着かせるためだった。

お米を入れるとき、雑嚢には一冊の本が入っていた。『芥川龍之介集《あくたがわりゅうのすけ》』だった。「羅生門《らしょう》」や「鼻」などの作品が収められていた。この本を、ぼくは友達から借りて、動員の行き帰りに読んでいたのだ。この本が、雑嚢の中を占領していて、お米を詰めるのにじゃまだった。一瞬《いっしゅん》、考えて、ぼくはお米と引きかえに龍之介を出してしまった。

ところが、お米を入れてみると、雑嚢にはまだ少し余裕があった。そこでぼくは「教練」の教科書を押し込んだ。それは『龍之介集』にくらべてかなり小さく、新書判《ばん》ほどの大きさだった。だが、それを入れたわけは、大きさの違《ちが》いだけではなかった。

当時、中学生には「教練」という特別の教科があって、それを通じて軍人精神を徹底《てってい》してたたき込まれていた。その教科書には「軍人勅諭《ちょくゆ》」ものっていて、ぼくたち中学生はその全文三十ページくらいを暗記させられた。その教科書を、ぼくたち中学生は、あたかもクリスチャンにとっての聖書《せいしょ》のごときものとして受けとめるよう教え込まれていたのだ。

炎の海のなかで

一連《いちれん》の作業が終わったあと、最後にぼくは、土間に立って家の中をグルッと見まわし、それから防空頭巾《ずきん》の上にすっぽりと掻巻《かいまき》をかぶって、家をとび出した。（掻巻は、北国では夜具《やぐ》として使う袖《そで》つきの綿《わた》入れで、地方によって、どてら、たんぜんともいう。）

外は、さっき行李《こうり》を持ち出したときにもまして、ものすごい烈風が吹き荒れ、掻巻をかぶって突進するぼくの顔やからだにも、煙や火の粉《こ》が吹きつけてきた。

街並《まちなみ》から抜け出すためには、四、五百メートルほど、熱風の中を東へ走らなければならない。家から少し行ったところで石の橋を渡り、東町の家並《やなみ》を突っ切る。もう、かなりの人たちが避難《ひなん》してしまったらしく、道を行く人影はまばらだ。道に面した家こそまだ燃えあがってはいなかったものの、その背後《はいご》はいちめん火の海で、空全体がだいだい色に染まっていた。そのだいだい色の空から、熱風とともに火の粉が顔に吹きつける。煙で目が痛くなる。

気はあせるものの、荷物をかかえている上に、風にあおられて掻巻がずり落ちそうになるので、早くは走れない。それでもぼくは、全身の力をふりしぼって小走りに急いだ。走りながら、母と佐智子のことが、頭の中を去来《きょらい》する。和枝も一人で逃がしたが、大丈夫だろうか……。

途中に、榎《えのき》の伯父の家があった。土足のまま、中へ駆けあがり、暗がりに向かって叫んだ。

「お母さぁん！」

「伯父さぁん！」

しかし、ぼくの声がむなしく響《ひび》いただけで返ってくる声はなかった。

ガランとした部屋の片隅《かたすみ》に、ふとん袋に入った荷物がぼんやり見えた。それは、東京から疎《そ》開《かい》するとき、ふとんといっしょに衣類や書物などを梱包《こんぽう》して送ったものだった。二月《ふた》ほど遅れてこちらへ着いたが、富山市内もだんだん危なくなってきたので、もっと田舎《いなか》へ、荷車にのせて疎開させよう、と母がいっていた。でも、それもう、手遅れになった。

伯父の家を出て、ぼくはさらに東へ走ろうとした。だが、その先にはもう火の手が押し寄せ、火の壁が道をさえぎっていた。火の粉をのせた熱風が、ぼくをめがけて吹きつける。ぼくはもう前進できない。

火の壁に背を向けると、ぼくはもと来た道を引き返しはじめた。ふと見ると、道の片側に、ほんの二十メートルほどだが、家並《やなみ》の途切《とぎ》れたところがある。走り寄ってみると、そこは道路から人の背丈ほど低くなっており、その下は田んぼになっていた。左側に二メートル幅《はば》の小川が流れ、その小川に沿って畦《あぜ》道がついている。

一瞬のうちにそれだけ見てとると、ぼくはためらうことなく下に跳《と》び下《お》りた。そのまま畦道を奥の方へ入っていく。二十メートルほど入って、前方を見ると、そこには思いがけずひろびろとした田んぼが広がっていた。周囲を民家に取り囲《かこ》まれてはいるものの、学校のグラウンドの何倍もの広さである。

しかし、ぼくが入れたのはそこまでであった。その先の畦道は、すでに先に避難してきた人たちでいっぱいにふさがっており、みな稲の葉に隠れるようにしてうずくまっていたのだ。ふしぎなことに、こんなせっぱつまった状況に追いつめられていながら、だれも稲を踏《ふ》み倒して田んぼの中にわけ入っていかなかったのは、お米の大切さが骨身にしみていたせいだったろうか。

行く手をふさがれて、畦道に腰をおろしたぼくの目の前には、小川をはさんで大きな邸《やしき》がくろぐろと建っていた。ひと息ついたあと、ぼくは、それがあの軍需《ぐんじゅ》工場、不二越《ふじこし》の社長の邸宅《ていたく》であることに気がついた。

見上げると、B29が編隊を組んで、低空に白い巨体を見せつけながら、次から次に飛んできては、焼夷弾《しょういだん》を雨のように落とし、ゆうゆうと飛び去っていく。その焼夷弾は、何百本もの光のすじとなって地上に降りそそぐ。空気を切り裂《さ》いて落下してくるその音は、トタン屋根にたたきつける土砂降《どしゃぶ》りの雨の音だ。いちどきに地上に激突した数十発の焼夷弾は、地面をゆるがし、そのたびにまた新たな火の手があがる。

ぼくたちが避難していた田んぼにも、そんな焼夷弾が落ちてきた。その一発は、ついぼくの目の前に落ちてきて、火の粉をまきちらしながら、田んぼの土に突きささった。

とつぜん、さっきぼくが通ってきた道路ぎわの家々がパッと明るくなったと思ったら、次の瞬間にはものすごい炎《ほのお》を吹き上げた。ゴォーッという音とともに、猛烈な風にあおられて、火はたちまちのうちに燃えひろがっていく。

小川をはさんですぐ目の前の不二越の社長の邸《やしき》からも、ついに火が吹き出した。オレンジ色の炎がめらめらと燃えあがり、音をたてて燃えひろがっていく。熱い。炎の発する熱が、顔をはじめ、からだ中を炙《あぶ》りつくす。だが、逃げていくところはない。ぼくは小川の水を顔にかけ、搔巻《かいまき》を水に濡《ぬ》らして頭からかぶり、じっと耐えていた。小川は炎を映《うつ》して真っ赤に映《は》え、家はゴォゴォと燃えつづけた。

ほどなくして、南東の方角で「ズシーンッ」と地響《じひび》きをたてて何かが爆発した。

「ラミーのタンクだ！」

だれかが言った。数百メートルほど離れたラミーという紡績工場の油のタンクに、火が入ったのだった。天に向かって、民家の火の海よりひときわ高く、ものすごい勢いで炎が吹き上がった。

こうして、この夜の富山は〝銃後〟からいっきょに戦場に変わってしまった。それも、まぎれもなく激戦地になったのだった。

それにしても、母は佐智子をつれてどこへ行ってしまったのだろう。そして、妹の和枝はどこへ逃げたのだろうか……。ぼくのすぐわきには、和枝と同じ年ごろの女の子と、その母親がうずくまっていた。だいぶ時間がたってから、ようやくぼくはその母親とことばをかわした。その人たちは柳町から逃げてきたことなど話していたが、ぼくは母たちのことがずっと心配で、それをうわの空で聞いていた。だから、何を話したか、それ以上くわしいことはまったく覚えていない。

帰ってこなかった母

どのくらい時間がたったろうか、何回も何回も波状攻撃《はじょうこうげき》をくり返していたB29の編隊も、いつしか姿を消していた。風も弱まっていた。しかし、炎《ほのお》だけはまだあかあかと夜空を照らし、街《まち》はまだ燃えつづけていた。

やがて東の空がしだいに白《しら》みはじめ、恐ろしかった夜が明けていった。ぼくは立ち上がり、畦《あぜ》道を引き返して道路に這《は》い上がった。

道路に立って見まわしてみると、昨日《きのう》までの家並《やなみ》はすっかり消え失《う》せ、瓦礫《がれき》の原がどこまでもつづいていた。その光景は、山脈《やまなみ》がぐっと近づいて見えることをのぞけば、三月十日の朝、東京で見た光景とまったく同じであった。

田んぼに逃げ込んでいた人たちも、ぞろぞろと道路へ上がってきて、それぞれ重い足どりで焼け跡《あと》へ戻っていった。ぼくも、泥だらけになった風呂敷《ふろしき》包みをぶらさげ、数時間まえ炎に追われて逃げてきた道を、泉町の方へのろのろと引き返していった。

街はまだあちこちが、ブスブスとくすぶっていた。道路もまだ余熱で熱く、思うように歩けない。その上、瓦礫の原と化した街は、どこがどこだか、わかりにくかった。やっとのことで石の橋までたどりつき、それを手がかりにぼくたちの借りていた家の焼け跡をつきとめることができた。

まもなく近所の人々が、ポツリポツリと、だれもが憔悴《しょうすい》しきった恰好《かっこう》で焼け跡に戻ってきた。しかし、その中に、母や佐智子の姿はなかった。和枝もまた、姿を見せない。ぼくはひとり、焼け跡にしゃがみこんで、家族が帰るのを待った。ぼんやりと放心《ほうしん》してうずくまっているぼくの中で、時間は止まっていた。

「あんにゃの家は、ここだったがかい」

ふいに声をかけられて、ぼくはふとわれに返った。見ると、いっしょに勤労動員にかよっていた、お互い顔と名まえだけは知っている同級生が立っていた。

「うん。でも、ホラ、焼けてしまった。君の家《うち》は？」

「うちは街《まち》からはずれて、ずっと南の方だから焼けなんだがい。電車が通っとらんがで、ずっと歩いてきたがや。これから岩瀬の方へ行くところだちゃ」

「そう。でも、ぼくは今日《きょう》はだめだ。先生に伝えといて」

「ああ、わかったちゃ」

同級生はうなずいて立ち去っていった。その後《うし》ろ姿を見送りながら、ぼくも五カ月前、あの三月十日の朝、焼け跡の中を、動員先の平井の工場まで歩いていったことをぼんやりと思い出した。小松川橋の上から見た、丸太のようだった黒い焼死体のことも……。

悲しみを捨てた町

陽《ひ》はしだいに高く昇《のぼ》り、何ひとつさえぎるもののない焼け跡にジリジリと照りつけてくる。ぼくは立ちあがり、のろのろと動き出した。いっさいが死に絶《た》えたなかに、台所の跡の掘り抜き井戸から水がコンコンと湧《わ》き出していて、唯一《ゆいいつ》そこにだけ生命《いのち》が宿っているようだった。その水をすくって飲むと、ようやく少し元気が出てきた。

おなかがすいていたので、焼け跡にころがっていたお釜《かま》を見つけ、中をのぞいてみた。そのお釜は、昨夜、いつものとおり母がお米をとぎ、水をはっておいたはずだ。しかし、中には水は一滴《いってき》もなく、お米が炭《すみ》のように真っ黒になって残っているだけだった。

ぼくはお釜を捨て、ほかに何か食べられるものはないか、とあたりを見まわした。真っ黒に焦げた二、三十個のジャガイモが目に入った。外側の炭になったところを取り去っていくと、やっと最後に、小豆《あずき》粒《つぶ》ほどの大きさで白い部分が残っていた。

そのあと、裏手の防空壕《ごう》をのぞいてみた。逃げ出す前、ぼくが衣類のつまった行李《こうり》を入れておいた防空壕だ。しかし、中には何もなかった。もし燃えたとしても、その灰ぐらいは残っているはずだから、そのあとかたもないところを見ると、だれかが持ち去ったにちがいなかった。

これでもう、何もすることはなくなった。ぼくはまた焼け跡にぼんやりとしゃがみこんだ。頭上《ずじょう》には、八月の太陽がジリジリと容赦《ようしゃ》なく照りつけている。疲労《ひろう》と空腹《くうふく》とで、ぼくは少しウトウトしていたようだ。

ふと頭をあげると、向こうから老婆《ろうば》と女の子が歩いてくるのが見えた。目をこらして見ると、それは「榎《えのき》のおばあちゃん」と妹の和枝であった。和枝は、片方の履《は》き物がぬげてしまい、片足をひきずるような恰好《かっこう》で歩いてきた。ぼくは立ち上がり、二人の方へ走った。

二人は、朝になって焼け跡に戻ってくる途中、偶然《ぐうぜん》、ぱったりと出会ったのだという。和枝の話はこうであった。

――昨晩、ぼくにうながされて家を出ると、人々がみな東の方へ走っていくので、自分もそのあとについて走っていき、ひとまず街《まち》のはずれにあった神社の境内《けいだい》に逃げ込んだ。さして広くはない境内は人々でごったがえしていたが、そこにもまた近くに火の手がせまってきた。

「ここは危ない、逃げろ！」

だれかの叫び声とともに、また人々はわれ先に駆《か》け出した。和枝もそれについて走った。途中に川があったが、その川をひざくらいまで水につかって渡り、さらにその先へと逃げのびていった。夢中《むちゅう》だったので覚《おぼ》えていないが、履《は》き物をなくしたのはそのときだったろうという。

こうして、足は痛めているものの、ぶじな和枝の姿を見て、昨夜からの心配の一つは消えた。しかし、母と佐智子については、祖母の話を聞くことで、不安はいっそう強まった。

——空襲が始まってまもなく、母は佐智子を抱いて、はだしで榎の家に駆け込んできた。顔色は蒼《あお》ざめ、すっかり取り乱していたという。母は、東京の空襲を目撃《もくげき》し、その悲惨《ひさん》な有様《ありさま》を知っている。空襲の開始と同時に、家のすぐそばにも焼夷弾《しょういだん》が落とされ、一瞬にしてあたりがただならぬ気配《けはい》につつまれると、母はたちまち恐怖《きょうふ》のどん底に突き落とされてしまったらしい。

「伊佐男たち、呼び起こしても目をさまさないの。どうにかして助けて!」

母は、泣いて伯父にとりすがったという。

ゴォゴォと響《ひび》くB29の爆音、あちこちで聞こえる焼夷弾の破裂する音、窓の外に燃えあがった火の手——。しかし昼間の勤労動員で泥のように眠り込んでしまったぼくと和枝は揺《ゆ》り起こしても起きない。そんなぼくたちを前に、動顚《どうてん》した母は、また一方で、このままぐずぐずしていたら佐智子が殺されると、心がはりさける思いだったにちがいない。

伯父の家に助けを求めに行った母は、その足で再び家へ引き返そうとした。しかし、伯父たちは、それを押しとどめた。

「きっと伊佐男ちゃんたちももう起きて逃げ出しているがいいね。いまから戻るのは危ない。ここもそろそろ危ないさかい、わしたちといっしょに逃げんといかんちゃ」

そして榎の家のすぐそばにある稲荷《いなり》神社の境内《けいだい》まで、母の手を無理やり引っぱって避難《ひなん》し、そこの防空壕にいっしょに入ったという。

ところが、伯父たちがちょっと目をはなした間に、母の姿が見えなくなっていたという。家に残してきたぼくと和枝のことが心配で、とって返したのだと察しはついていたが、そのときはすでに街《まち》は火の海となり、どうすることもできなかったのだそうだ。まもなくその防空壕も危なくなり、榎の家族は、母の身を案じながらもさらに郊外《こうがい》へと避難したのだという——。

祖母から母たちの様子《ようす》を聞いているところへ、伯父も心配して来てくれた。しかしもちろん、伯父も、祖母以上のことを知っているわけではなかった。

上から照りつける太陽の熱と、下からの焼け跡の余熱に耐えて、ぼくと和枝、祖母、伯父の四人は、じっと母を待ちつづけた。正確な時間はわからなかったが、正午《しょうご》ごろまでに近所の人たちはほぼ戻ったようだった。

やがて、その人たちも、身寄《みよ》りをたよってだろうか、三人去り、四人去りして、人影は少しずつ減《へ》りはじめた。ぼくたちだけが何か取り残されたような気がして、ぼくはつぶやくように言った。

「ほんとに遅《おそ》いけど、どうしたんだろう」

それを聞いて、伯父が慰めるように言った。

「怪我《けが》をした人たちが不二越《ふじこし》病院とかあちこちの病院にだいぶ入っとるそうだから、母ちゃんもどこかの病院に入っとるかも知れんちゃ」

そのときぼくは、一瞬、母たちはもう焼け死んでいるかも知れないな、と思った。しかし、それを口に出していうと、ほんとにそうなってしまうような気がして黙っていた。

そしてまた時間が過ぎていった。あたりの人影はもうあらかた消えてしまった。伯父が思いあまったように言った。

「もしかしたら、明和《めいわ》さんの家にでも逃げて行ってるかも知れんちゃ。ここにいつまでいても、もう戻ってこんだろうし、明和さんの家へ行ってみたらどうやろう……」

ぼくは伯父の顔を見、それから黙ってうなずいた。

母をたずねて

明和さんの家は、富山からは富山地方鉄道で二十分ほど行った越中《えっちゅう》舟橋というところにあった。明和のおばあさんというのが、ぼくの父の従姉妹《いとこ》になる。富山に疎開《そかい》してきてから、ぼくは一度だけ、母に連《つ》れられてあいさつに行ったことがあった。その明和さんの家へ、母は逃げて行ってるかも知れないと伯父は言ったが、その可能性をどの程度考えてそう言ったのかはわからない。しかし、ほかに母の逃げて行く先は考えつかなかった。

それから、ぼくと妹は祖母に連れられて明和さんを訪《たず》ねていくことになり、伯父たちは呉羽《くれは》にある伯母さんの実家の方へ行くことになった。

電車は不通《ふつう》になっていたので、歩いていくほかはない。ぼくたちは、昼さがりの焼け跡《あと》をとぼとぼと歩きはじめた。稲荷《いなり》町の駅の付近《ふきん》を過ぎるころから、道は一本になる。その道を、ぼくたちと同じように大勢《おおぜい》の被災者《ひさいしゃ》が郊外《こうがい》へ向かってぞろぞろと歩いていた。どの顔も真っ黒にすすけ、目を赤くはらして、ただ黙って重い足をはこんでいる。東京でのあの日の被災者の行列と同じだった。

はだしの足を痛そうにひきずりながら、妹は泣きたいのをけんめいにこらえているようだった。七十歳になる祖母も、のろのろと疲れたからだをひきずっていた。そしてぼくは、お米を入れた雑嚢《ざつのう》や手にぶらさげた荷物の重さに、それらを投げ出したくなるのをやっと我慢《がまん》して歩いていた。

しばらく行くうちに、沿道《えんどう》には、焼け跡にかわって田畑があらわれてきた。きゅうりの畑があった。ぼくはその中へ入っていき、「ごめんなさい」と口の中でつぶやいて一本だけもぎとった。昨夜からぼくは、豆粒《つぶ》ほどのジャガイモのかけらのほかは何も口に入れてはいなかったのだ。ぼくはそれまで、きゅうりはそんなに好きではなかったのだが、このとき味わったみずみずしい舌ざわりと、のどを通るときの感触《かんしょく》ばかりは忘れることができない。

こうして、かなり長いこと歩いたころ——じっさいには二キロあまりの距離なのだが、そのときは何倍も遠いように感じた——空襲をまぬかれた家並《やなみ》があらわれはじめた。ぼくの目に、それは何か別世界のように映《うつ》った。瓦礫《がれき》の中で過ごしたわずか半日の間に、ぼくの意識《いしき》の中である逆転現象《ぎゃくてんげんしょう》が起こっていたようだ。ああ、これが本来《ほんらい》の街《まち》の景色《けしき》なんだなあと、ぼくは妙《みょう》な感動を覚《おぼ》えた。そこは、東新庄《しんじょう》という町であった。

この町へ入ってすぐ右へ折れると駅があったが、聞くと電車は二時間に一本くらいしか出ていないとのことだった。駅の前は、被災者の長蛇《ちょうだ》の列だった。しかし、もうこれ以上歩く気力がなかったので、ぼくたちもその行列の後《あと》につくことにした。だが、この人数では、たった二両ほどの電車に、はたしてどのくらい待てば乗れるのか、見当《けんとう》もつかなかった。

やっとのことで電車に乗れたころには、太陽は西に沈み、長い夏の日も暮れようとしていた。すし詰《つ》めの電車で、二つ目の越中舟橋の駅で、何十人かの人たちといっしょに、ぼくたち三人も降《お》りた。

駅を出て踏切《ふみきり》を渡り、一キロほど歩いて、わら屋根の農家の集落《しゅうらく》に入り、見覚えのある明和さんの家に着いた。

祖母が声をかけると、奥から明和さんの若夫婦《ふうふ》があらわれた。ぼくたちの姿を見て、びっくりしたようだった。

「中山のかあちゃん、来とりますけ?」

祖母の声に、奥さんはくびを振った。

「なぁん、来とられんですちゃ」

さりげないその一言《ひと》で、ぼくの目の前がふいに暗くなった。はりつめていた力が、全身からぬけていった。

「とにかく上がってくたはれ。富山はえらいことだったがでしょう。今日《きょう》は遅いさかいに、うちへ泊《と》まっていかれませ」

奥さんが気の毒そうに言った。こうして、熱く、長い一日が暮れていった。

防空壕《ぼうくうごう》の遺体《いたい》

翌朝、ぼくは、妹と祖母を明和さんの家《うち》に残して、富山へ向かった。母たちをさがすためだった。ぼくは、右手に竹の棒をにぎっていた。母と佐智子の死を、ぼくは半《なか》ば覚悟《かくご》し、その遺体を瓦礫《がれき》の中からさがし出すための竹の棒であったのだ。

この日は電車で稲荷《いなり》町の駅まで行くことができた。そこから歩いて伯父の家の焼け跡《あと》へ行き、そこで伯父と合流し、それから二人で焼け跡をあちこち歩いた。道路のアスファルトは熱で熔《と》けて不規則に波うち、そのいたるところに六角柱《ちゅう》の形をした焼夷弾《しょういだん》が突きささっており、その数は一軒《けん》の家におよそ二、三十発という割合であった。じっと見ていると、あの夜のすさまじい炎《ほのお》がよみがえってくる。

さらに、焼け跡のいたるところに、炭《すみ》のように真っ黒焦《こ》げになった死体や、焼けただれた死体が、無残《むざん》な姿で横たわっていた。中に母親が赤ん坊を抱くようにして死んでいる姿もあった。思わずハッとして駆《か》け寄ったが、母たちではなかった。むしろで覆《おお》われていた死体もあった。もしやと思いそれをめくってみたりもした。夢中だったので、怖《こわ》さや気味悪さなどはけし飛んでいた。

こうして伯父と二人、焼け跡をさがして歩いたが、母たちの遺体は見つからなかった。半日がむなしく過ぎ、歩き疲れたぼくたちは焼け跡の一角に腰をおろして休息《きゅうそく》していた。そのとき、ぼくたちの耳に、だれかの話し声が聞こえてきた。

「館出《たちいで》の防空壕に、赤ん坊と母親が死んでいるがや」

それを聞くなり、伯父がなぜか断定的に言った。

「それに間違いなかろう」

伯父がなぜそう言ったのか、ぼくにはふしぎだった。しかし、伯父はすでに立ち上がっていた。

「そこへ行ってみよう」

その防空壕は、伯父の家から真東へ二百メートルほど行った丁字路《ていじ》の突き当たりにあった。それはすぐにわかった。そしてそこに——母は死んでいた。

それは、深さ一メートルほどの防空壕だった。覆《おお》いは崩《くず》れ落ちていて、外から中を見おろすことができた。そこには、五人の遺体があった。うち二人は母と佐智子で、残り三人のうち二人は男の人、一人が女の人だった。三人とも若い人たちだった。

母は、東京の空襲で、防空壕の中で死んだ人の話をいやというほど聞かされて、富山へ疎開《そかい》してきてからも、会う人ごとに、「防空壕は危ないから、入ったらだめよ」と話していた。それなのに、どうして防空壕なんかに入ってしまったのか、ぼくには信じられない思いだった。しかし、げんに、母は、目の前の防空壕の中で死んでいる。三人の若い人たちもいっしょに焼け死んでいるところを見れば、想像を絶《ぜっ》する猛火に追いつめられ、絶体《ぜったい》絶命《ぜつめい》となって、ここへころがりこんだのだと考えるほかなかった。

壕の底には、水が数センチほどたまっていた。この家の人が、猛火を消そうと必死で家に掛けた水が流れ込んだものでもあったろうか。

その水の中に、母はからだの左側を下にして横たわっていた。両手は、佐智子を抱くような形で、少し広げていた。顔の右半分は真っ黒に炭化《たんか》して、焼けた皮膚《ひふ》の下の頬骨《ほおぼね》までが焦《こ》げており、左半分は水に浸《つ》かっていて、ただれたようになっていた。

水の上に出ている背中や右の脇腹《わきばら》のあたりは、見覚《おぼ》えのある着物の絣《かすり》の模様《もよう》が、印刷した紙を燃したときに浮き出る活字のように、灰になって皮膚にはりついていた。

一方、佐智子の方は、母から少し離れて、母の両腕《うで》から抜け出したような形で、仰向《あおむ》けに両手を広げて死んでいた。その顔は母とちがってきれいだったが、しかしどうしたことだろう、そのお腹《なか》の皮は胸から腿《もも》のつけねまでざっくりと張り裂《さ》けていた。そのため膨張《ぼうちょう》した腸《ちょう》がむき出しになり、異様《いよう》に盛《も》り上がっていたのだ。

その腸は、「博物《はくぶつ》」（いまの「生物」）の授業のときに見たことのある、人体解剖《かいぼう》の掛け図のように、しかしそれとはくらべものにならないほどのものすごい立体感で、ぼくの目にせまってきた。腸の色は、掛け図の黄色よりもずっと透《す》き通った感じで、きれいでさえあった。

お腹《なか》の皮が裂《さ》けたのは、異常な高熱によって腸が膨張《ぼうちょう》し、それが皮を破って外へとび出したためだろう。しかしその腸は焼けてはおらず、顔や手足もまたきれいだった。

あの夜、母は、伯父の家に、佐智子を抱いて、はだしで救《たす》けを求めにきたという。そしてこの壕《ごう》の中にも、おぶい紐《ひも》はなく、その焼けた痕跡《こんせき》もなかった。いったん家に引き返したあとも、母はずっと佐智子を抱きしめて炎《ほのお》の海の中を逃げまどったのだ。母は、東京の三月十日の朝、背中に死んだ赤ん坊をおぶったまま歩いていた若い母親の姿を目撃している。またそのあとも、同種の話を何度も聞いていた母は、佐智子をおぶうのが恐ろしく、胸に抱いたまま火の中をさまよっていたのだ。

そして、この壕の中に飛び込んだあとも、佐智子をしっかりと両腕で抱きしめ、全身で猛火から守ろうとしたのにちがいない。母のからだが黒焦《こ》げになりながら、佐智子の顔がきれいだったのは、そのためであったろう。こうして、母のいのちは先に燃えつき、佐智子は死んだ母の両腕から少し這《は》い出し、そのぶんだけほんの少し余分に生き、そして死んでいったのだ。そのとき母は四十一歳、佐智子は一歳と八カ月だった。

残されたもの

目をつむった佐智子の顔には、鼻から上《うわ》くちびるにかけてふたすじ、赤いものが走っていた。というより、ぼくの目には、佐智子の顔を見た瞬間、心なしか赤いものがゆるやかに流れたように映った。死者は、近親者がくると鼻血を出してその気持ちを伝えるという言い伝えのようなものを、どこかで聞きかじっていたぼくの意識が、そう思わせたのかも知れない。

佐智子が生まれたころのことが、ありありと思い出される。一昨年の十二月はじめ、父の死の翌月、父のいのちと引きかえのようにして、佐智子は誕生《たんじよう》したのだった。身近に、しげしげと赤ん坊を見たのはこのときがはじめてだったので、もの珍《めずら》しさも手伝って、ぼくはずいぶん可愛がった。赤ん坊はからだじゅうのどこもが小さく、かわいらしかったが、とりわけ口もとのあどけなさが、たまらなく愛らしかった。その上《うわ》くちびるは、ちょうど富士山のミニチュアのような形で、薄紅色《うすべに》に染まっているのが、何ともいえずすてきだった。その愛らしいくちびるの上に、赤いすじがかかっていたのだった。

ぼくが毎朝、家を出るとき、佐智子は道まで出てきて、別《わか》れを惜《お》しむように手を振り、よくまわらない舌《した》で何かを言っていた。帰りは帰りで、家の外にいてぼくの姿を見つけると、大はしゃぎで、ちょこちょこ走り寄ってきて、ぼくが抱き上げてやると、もう最高にご機嫌《きげん》だった。——しかし、いまはもう、その小さな手足は動かず、くちびるは開かない。

伯父が腰をかがめて、手さげ袋を拾《ひろ》い上げた。母のものだった。袋の口のあたりが焼けてはいたが、ほとんど水に浸《つ》かっていたので、奇跡《きせき》的に焼失《しょうしつ》をまぬがれたのだった。

中を見ると、そこにはぼくの家の〝重要書類〟が入っていた。——何通かの郵便貯金通帳のほかに、戸籍謄本《こせきとうほん》、先祖代々の俗名《ぞくみょう》と戒名《かいみょう》および生没《せいぼっ》年月日を筆《ふで》で書きしるした和紙《わし》、ぼくたち兄妹《きょうだい》の種痘接種《しゅとうせっしゅ》済みの証明書、お七夜《しちや》の命名《めいめい》のときの半紙《はんし》、ぼくのへその緒《お》や頭髪、生まれた日の暦《こよみ》などが、唐草《からくさ》模様の風呂敷《ふろしき》にくるんで入れてあった。

長いあいだ水に浸かっていたために、種痘証明書の赤い紙の色が、へその緒などをつつんであった和紙を赤く染めていたり、印刷物に押してあるゴム印の色が、ほかの紙に写《うつ》ったりしていたが、ほとんどすべてがぶじであった。

手さげ袋の中をのぞいているぼくに、伯父がふと思い出したように言った。

「おゆきがあの晩、うちへ飛んできたときは、佐智《さっ》ちゃんを抱いとっただけで、手には何も持ってなかったさかい、やっぱり伊佐男たちのことが気になって、いったん家《うち》へ戻ったがやね」

やはりそうだったのだ。あのとき、ぼくが逃げ出したときでさえ、火の手が間近にせまって危険だったのだから、そのあと佐智子を抱いて家に引き返してきた母は、どんなにか恐ろしかったにちがいない。

防空壕を出て、ふとわきを見ると、隣家との間に幅一メートルほどの路地《ろじ》のあった跡《あと》が目に入った。そして、その路地を抜ければ、すぐその裏手には田んぼが広がっていたのだ。母は、子どものころこのあたりで遊んで育ったのだから、そんなに火の手がまわっていないときだったら、路地を通り抜けてぶじに逃げられたかも知れない。あるいはもし、この空襲が昼間だったら、助かったかも知れない。猛火が、そして夜が、ここで母のいのちを奪《うば》ったのだ。

——そういえば、B29は、いつも夜をねらって襲《おそ》ってくる。三月十日の夜もそうだった。戦争だとはいえ、市民を殺し、市民の家を焼き払うのに、最も効果的な夜をえらんで襲いかかってくるその残虐《ざんぎゃく》さに、ぼくは言いようのない怒りがこみあげてきた。これまで、富山は軍需工場の不二越《ふじこし》があるので空襲を受けるだろうといわれてきたが、現実は、不二越はそっくりぶじで残り、市民の住む市街地だけが、全滅させられたのだ——。

遺体《いたい》を焼く

母と佐智子の遺体を焼いたのは、八月四日、遺体を見つけた日の翌日のことだった——と思う。「と思う」と書くのは、この数日間の衝撃《しょうげき》があまりに大きかったために、ぼくの記憶に混乱があるからだ。たしかその日、伯父は、焼け跡《あと》に応急に開かれた市役所へ、火葬許可の手続きに出かけた。

あとで知るのだが、この夜、空襲で死んだ人は、旧市内の人口、十二万八千人のうち二千数百人に及んだという。そのため、遺体を焼くのに火葬場を使うなんてことは、とても不可能なことだった。だから遺体は、近親者の手でそれぞれに焼くか、あるいは市の職員がまとめてお寺の境内《けいだい》や河原《かわら》などで焼くしかなかったのだ。

ぼくたちは、伯父の家の焼け跡で、母と佐智子を焼くことにした。あの母たちの死んだ防空壕へ出かけ、母と佐智子の遺体を、地上に引き上げ、それから伯父と二人、伯父の家の焼け跡まで運《はこ》ぶことになった。

「わしが頭の方を持つから、伊佐男ちゃんは足の方を持つのだぞ」

黒焦《こ》げになり、泥にまみれた母の肩をかかえあげながら、伯父はぼくに、膝《ひざ》の方を持つように指示した。このとき、ぼくは、一瞬、持つのをためらった。伯父の怒声《どせい》が飛んだ。

「親を持つのに、何がきたないことがあるか！」

すごい剣幕《けんまく》だった。伯父はこのとき四十五歳だったが、ふだんはとてもやさしく、それまでぼくはただの一度も叱られた覚《おぼ》えがなかった。だれに対しても、いつも温和《おんわ》なほほえみを絶《た》やさなかった伯父である。その伯父がこのとき見せた険《けわ》しい表情と、激しい怒声は、ぼくをふるえあがらせた。

そばについていた妹が、ずっとあとになってぼくに語ったことがある。

「あのとき、伯父さんは、お母さんを焼くのをとてもいやがっていたのよ」

すると、あの怒鳴《どな》り声は、伯父が自分自身を叱咤《しった》した声でもあったのだろうか。

ぼくは、意を決して、母の両膝を両手でしっかりとかかえ、持ち上げた。母は、どちらかといえば小柄《こがら》で、痩《や》せている方だったが、このときはとても重く感じられた。伯父の家の焼け跡まで、わずか二百メートルほどの距離だったが、このときはひどく遠く感じられた。やっとの思いで母を運んだあと、次に佐智子も運んだ。

遺体を運ぶと、次はそれを焼く燃料《ねんりょう》あつめだった。焼け焦げて散乱している柱や、床板《ゆか》の焼けぼっくいを、妹も加わって拾《ひろ》い集めた。そうして集めた木ぎれを、伯父が積み上げ、遺体がのるようにした。

用意してきた紙に火をつけ、その火を木ぎれに移す。こうして母と佐智子の〝火葬〟が始まった。

火はしだいに強く燃えだし、あの夜劫火《ごうか》に焼かれた母の遺体は、再びぼくたちの炎《ほのお》につつまれて、母はだんだん母の形ではなくなっていった。愛らしかった佐智子の姿も、また変わっていく。そのいちぶしじゅうを、ぼくたちは焼け野原に立って茫然《ぼうぜん》と見つめていた。

佐智子は、富山へ来てから、買い物に出た母に連れられて町を歩いているとき、お寺の前を通りかかるときまって、もみじのような手を合わせ、

「ノンノちゃん、あい」

と、本堂に向かって拝《おが》むしぐさをしていたという。しかしそのもみじのような手も、炎とともに消え、骨と化していった。時折、もたれあうようにして、母と佐智子の骨が、あたかも母と子が囁《ささや》き合っているかのように、カサッ、カサッと小さな音をたててくずれ落ちていく――。

ぼくは魂《たましい》がぬけたように、そんな光景をぼんやり眺めていた。

どれくらい時間がたったろうか、後《うし》ろで伯父の声がした。

「そろそろ、お骨《こつ》を収《おさ》めなければ……」

ぼくはハッとわれに返った。振り向くと、伯父が鉄の火箸《ひばし》を手に立っていた。

「箸《はし》がないさかいに、火箸で拾《ひろ》わんまいけ」

伯父はそれを、台所のあったところで拾ったらしかった。また伯父は、お骨を収めるための火消し壺《つぼ》も見つけてきていた。その火消し壺の中に、伯父とぼく、そして妹とで、まだほてりの残っているお骨を、かわるがわる拾って入れた。佐智子のお骨も、母といっしょに収めた。小さな火消し壺だったが、その小さな壺に、母も佐智子も入ってしまった。

こうして、熱い一日が、また暮れていき、ぼくと妹は伯父と別れて、遺骨を抱いて舟橋村の明和《めいわ》さんの家に戻った。

舟橋村で

翌朝、再び遺骨を胸に、祖母や妹とともに富山へ向かった。富山の応声寺《おうしょうじ》へ、遺骨を納《おさ》めるためだった。伯父とは途中で合流した。この日はもう一人、父の姉にあたる伯母も、新湊《しんみなと》から出てきてくれた。

応声寺は、市の中心から少し東南へ行ったところにある。そのあたりは、数百メートル四方にわたってお寺ばかりが集まった、いわゆる寺町だったが、どこのお寺も、建物はもちろん生け垣《がき》までものの見事に焼き尽《つ》くされており、そのあとの焼け野原には、猛火に耐えぬいた無数の墓石《はかいし》ばかりが林立《りんりつ》していた。その有様《ありさま》は、民家の街並《まちなみ》の焼け跡とはまた違った、異様な光景であった。

この状況のなかで、もちろんお経《きょう》も何もあるはずはなかった。が、とにかく母と佐智子のお骨を納めて、ぼくたちは舟橋村へ戻った。

戦争はまだつづいていた。ぼくたち兄妹《きょうだい》は、ほかに頼っていくところもないままに、結局、明和《めいわ》さんの家に世話になることになってしまった。祖母も、つづけてぼくたちといっしょに暮らすことになった。

明和さんの家のある海老江《えびえ》は、十二、三軒《げん》の農家がひっそりと集まっている静かな集落だったが、富山の空襲以後は避難《ひなん》者の一群が入り込んで、いっきょに三倍ほどにふくれあがってしまった。疎開《そかい》者の一家族や二家族が入り込んでいない家は一軒もなかった。明和さんの本家《ほんけ》にあたる隣《となり》の家にいたっては、なんと五家族、三十五人もがころがりこんで、それはもうたいへんなさわぎだった。

明和さんのところではぼくたちは四畳《じょう》の部屋を借りて生活していたが、そのあと森崎さんという六人家族が、またつづいて良峰《よしみね》さんという一家五人が同居することになった。

こんなわけで、村は、活気というのもへんだが、一種独特の賑《にぎ》やかさを呈《てい》した。

明和さんの家に世話になるとはいっても、まったくただというわけにもいかないので、そう多くはないが部屋代を月々《つきづき》渡すことになった。焼け出されたとき、母の手さげ袋には百五十円ぐらいしか入っていなかったのだが、八月九日になって郵便局の生命保険が五百円たらず下《お》りたので、当座の生活はそれでなんとかなったのである。母が亡《な》くなってから、ぼくは手製《てせい》の小さな家計簿《かけいぼ》をつくり、そこに毎日の金銭《きんせん》の出し入れを記帳《きちょう》したが、そのころの生活費は、三人が一月《ひと》二百円ほどでどうにか足《た》りた。

明和さん一家とは、食事はいっしょにしたが、御飯《ごはん》は別々であった。それは、明和さんがぼくたちに冷淡《れいたん》なためだったからではない。明和のおじいさんは、根っからの堅《かた》い人で、お米を闇《やみ》で横流しして高いお金を取ったりするのが大嫌《きら》いだった。だから、だれかがお米を買いにきたとしても、けっして売らなかっただろう。おじいさんのそういう考え方からすれば、ぼくたちは配給米だけで我慢するのが当然ということになる。

そこでぼくたちは、一人一日あたり二合一勺《ごうしゃく》(コーヒーカップ二杯ほど)の割合で配給になる、七分《ぶ》づきの黒っぽい御飯を食べた。それは祖母が炊《た》いてくれた。

おかずの方はいっしょだったが、毎日、きゅうりかなすの味噌汁《みそしる》と、これもまたきゅうりかなすの漬《つ》けものと決まっていた。その漬けものは塩がききすぎの上に酸《す》っぱかった。

ところで、家が焼けてしまってからは、ぼくは勤労動員の石炭かつぎに出るどころではなくなっていた。母たちの遺骨を納めたあとも、ぼくは港へは行かず、毎日、明和さんの家の農作業の手伝いに明け暮れた。

明和さんの家には、一頭の農耕馬が飼《か》われていた。ぼくは、その馬の世話などもやった。

飼《か》い葉《ば》をつくってやったりするほか、運動のために外へ連れ出したりしたが、そんなとき明和の小父《おじ》さんに教えられて生まれて初めて馬に乗り、危うく落馬しそうになったりした。舟橋村の生活には、こうしたエピソードもあったが、しかしぼくの胸の中はうつろだった。そしてそのうつろな胸を、時折、冷たい風が吹き過ぎた。

八月十五日

空襲で焼け出されたとき、ぼくは薄手《うすで》のシャツの上に、すりきれた国防色の人絹《じんけん》の夏服を着ていただけだったので、すぐさま着るものに困った。妹も、着たきりすずめである。夏が終われば、どうしようもなくなる。

東京の小岩の家には、父の使っていた仕事着のほかに少しばかりの衣類や二、三枚のふとんも残してあった。ぼくは東京へ行き、それを持ってくることに決めた。

罹災《りさい》証明書によって遠距離用の切符《きっぷ》を発行してもらい、八月十三日の夜、ぼくは上野行きの列車に乗った。わずか四カ月前、母や妹たちと四人で夜汽車に乗ってやってきたのに、こんどは一人で戻ることになった。

翌朝、浦和駅まで来た列車が、とつぜん止まってしまった。敵の艦砲射撃《かんぽうしゃげき》で、太平洋岸のどこかがやられているという車内の話だった。一時間ほどで列車は動きだし、まもなく上野駅に着いた。

秋葉原駅から総武《そうぶ》線に乗りかえる。江東《こうとう》地区の焼け野原のまっただ中を突っ切って、電車は東へ走る。荒川放水路にかかる鉄橋をこえると、もとのままの家並《やなみ》が見えてきた。小岩の駅に着く。以前と変わっていない。通りにも目に見える変化はなく、住んでいた家ももとどおりだった。ただ、ぼくだけが、タイムマシンに乗って何十年も前の世界に戻ってきたような、何かちぐはぐな感じだった。

玄関の戸をあけると、中からNさんが顔を出した。自分の家なのに――へんな感じがした。貸さないでおいた四畳《じょう》半をのぞいてみると、残しておいた家具はほかに移され、かわりに見知らぬ若者たちが入っていた。その人たちは、Nさんの奥さんの弟たちだということであった。

どうも、二重、三重に、約束が守られていないようであった。しかし、まだ十五歳だったぼくは、何人ものおとなを相手に、それについて抗議することができなかった。この四畳半に泊まるつもりでいたのに、それも言い出せなかった。

Nさんにはこのとき、富山が空襲され、焼け出されたので、荷物を取りにきたことだけは話したが、母の死んだことは言わなかった。もし、母の死を知れば、これ以上に見くびられるかも知れないという懸念《けねん》が湧《わ》いてきたからであった。

それにしても、このまま富山へ帰ることもできず、Nさんを紹介してくれた人の家を訪《たず》ねた。そこの小母《おば》さんは、ぼくの話を聞いたあと、

「ほんとに、Nのうちの人も困ったものだね、たしかに四畳半は借りてやしないんだから……。まあ、しかたがないから、うちへ泊まりなさい」

と言ってくれた。ほかにどうしようもないので、その夜はその家に泊めてもらうことにした。

翌日が、八月十五日であった。午前中、ラジオは、正午に天皇陛下《へいか》の重大放送があるので、全国民はつつしんでこれを聴《き》くようにという放送を、何度かくり返した。

正午、待ちかねた「玉音放送《ぎょくおんほうそう》」が始まった。しかし、雑音が多いのと、言葉《ことば》がやたらにむずかしいのとで、何を言っているのかわからなかった。ただ、次の箇所《かしょ》だけはわかった。

「……耐《た》え難《がた》きを耐え、忍《しの》び難きを忍び……」

それで、日本は戦争に負けたんだな、と考えた。

そのあと、アナウンサーは、しきりに、

「国体《こくたい》は護持《ごじ》されました」

と強調していた。

翌日、ぼくは一人で二重橋まで出かけていった。そこには、皇居《こうきょ》に向かって立ちつくす人や、深ぶかと頭を垂《た》れている人、また中には土下座《どげざ》をして、涙を流しながら何か叫んでいる人もいた。

ぼくはしばらくそこに立って、その光景をぼんやり眺めていたが、そのうちに、ここへ来ている人たちも、それを見ている自分も、何かおかしいぞ、と感じはじめた。昨日、ラジオはしきりに「国体は護持されました」と叫んでいたが、ほんとうに大切なのは「国体」ではなく、「国民」ではないのか？　「国民」のいのちだったのではないか——？

この負けてしまった戦争で、ぼくたちはほんとにひどい目にあってきたが、この戦争はいったい、だれが、何のために、はじめたんだ？　空襲で焼き殺された人たちは、何のために殺されたんだ——？

それから五日後、八月二十日、ぼくはふとんや衣類のでっかい荷物を背負って上野駅へ向かった。駅は、敗戦直後の混乱でものすごい混雑ぶりだった。ぼくは荷物を窓から押し込み、あの三月の疎開《そかい》のときに劣らぬすし詰《づ》めの列車で、富山へ戻った。

授業再開

九月一日、二学期の始業《しぎょう》式が行なわれた。勤労動員で三カ所にわかれていた生徒たちが、久しぶりに一堂に集まった。学校は市街《しがい》地から少しはずれており、その周囲はほとんど田んぼに囲《かこ》まれていたので、戦禍《せんか》をまぬがれていた。

雨天体操《たいそう》場で全校生徒を前にして校長の訓辞《くんじ》があったが、その中身は覚《おぼ》えていない。つづいて、全校生徒による校歌の斉唱《せいしょう》が始まった。

♫我北陸《わがほくろく》の中枢《ちゅうすう》に

国の鎮《しずめ》と峙《そばだ》てる
名も立山《たてやま》の朝日影
…………

その歌ごえを聞いているうちに、「ああ、これからやっと、ほんとうに富山中学の生徒としての生活が始められるんだ」という実感が湧《わ》いてきた。

一方、妹の方は、舟橋村の国民学校高等科二年に編入され、そこへ通《かよ》いはじめた。妹にとっては、高等科へすすんで三度目の転校だった。

翌日から、授業が始まった。それまでの「修身《しゅうしん》（道徳）」「歴史」「地理」といった科目は、連合軍の命令で廃止された。「教練」も、むろんなくなった。しかし体育を受け持った教師は、海軍帰りであり、「精神棒」というもので生徒のお尻をぶん殴《なぐ》っていた。

東岩瀬港での勤労動員でいっしょだった転校生たちも四つの学級に散っていったが、柳田君や松原君がぼくと同じ組になった。柳田君は、ぼくのすぐ前の席であった。

授業が始まって二、三日したある日、柳田君が一冊の英和辞典を差し出して言った。

「これ、古いんだけど使ってくれないか」

その辞書は、装丁《そうてい》がくずれかかって、印刷もだいぶ古い感じのものであった。しかし、空襲で何もかも焼かれてしまったぼくには、何よりも貴重《きちょう》な贈《おく》り物だった。ぼくは、心からお礼を言った。

まだ東京にいて、勤労動員もなかった中学二年のころまでは、ぼくはよく学校の帰りに古本屋のハシゴをした。何軒《けん》もまわってあれこれと手にとったあげく、限られたこづかいをやりくりしながら、気に入った本を買って帰るのが楽しみだった。

そのうちに、少しずつ蔵書《ぞうしょ》がふえていった。蔵書といえば聞こえはいいが、その大半は参考書類で、学校の授業に関係したものが多かった。でもそれらの本は、ぼくにとって、いわばいちばんの〝財産〟であり、だから富山に疎開してくるときも、ほかの荷物といっしょに持ってきていた。しかし、そのぼくの〝蔵書〟は、空襲で一冊残らず焼けてしまった。ぼくは、本という形あるもののはかなさをつくづくと思い知らされた。

本にかぎらず、目に見えているもの、手でふれることのできるものは、いつかは滅《ほろ》びてしまう。今日《きょう》そこにあっても、明日《あす》はもうなくなってしまうかも知れない。では、ぼくは何の存在を信じて生きていったらよいのか——? そんな懐疑が、いつしかぼくの中に芽ばえ、それがしだいに大きくなりかけていた。

恥の記憶

秋の深まりとともに農繁期《のうはんき》を迎え、どの農家も忙しくなっていった。いまとちがって農作業は、ほとんど人手に頼っていた。ぼくも、学校から帰るなり、田んぼに出て、稲刈《か》りや脱穀《だっこく》、何でも手伝った。稲刈りは、腰をかがめて鎌《かま》を使うので腰が痛くなり、手にマメができたりしたが、まだましな方だった。

ぼくにとっていちばん辛《つら》かったのは、刈り取って束《たば》ねた稲を、背負子《しょいこ》にゆわえて、干《ほ》し場や荷車まで運ぶ作業だった。その稲の束は、勤労動員の石炭籠《かご》にもまして重かった。

農作業は、日いっぱい行なわれる。夕日が沈んで、あたりが薄暗くなってから、やっと家に戻り、それから遅い夕食をとるのだ。

夕食がすむと、農家の人たちは、早い朝にそなえてすぐに床に入ってしまう。それからやっと、ぼくの勉強が始まる。人気《ひとけ》のない台所のまるい茶ぶ台の上に、薄暗い裸電球の下、教科書を広げる。しかし、参考書も、ノートもなく、印刷したざら紙の裏をノートがわりに使っていたくらいだから、勉強はなかなかすすまない。それに、くたくたに疲れたからだは、すぐ睡魔《すいま》に負けそうになる。

こんな有様《ありさま》だったから、勉強はしだいに遅れ、だんだんと授業についていけない感じになってきた。成績は、模擬《もぎ》試験のたびに、下降《かこう》の一途《いっと》をたどった。

ところで、夜の勉強のとき、茶ぶ台のわきには、いつも明和《めいわ》さんの家《うち》のお櫃《ひつ》が布にくるんで置いてあった。お櫃というのは、炊《た》きあげた御飯《ごはん》をお釜から移して入れておく、木でこしらえた入れ物だ。明和さんのところは御飯を余裕をもって炊くので、夕食がすんでもたいていかなりの御飯がお櫃に残っていた。

みんな寝てしまって、一人ですわって勉強しているぼくのすぐわきに、それがある。おなかがいつもペコペコだったぼくは、いけない、いけないと思いながらも、つい、お櫃のふたをそっとあけて、中のシャモジで一口《ひとくち》ほどの御飯をすくって手にのせ、口へもっていく——。

その御飯は、冷たくなってはいるものの、いいお米を使って炊いているので、とてもおいしい。ぼくたちが食べているのとは、味がまるでちがうのだ。どうしても、一口では我慢《がまん》ができなくなり、つい手を伸ばして、二《ふた》口、三《み》口と食べてしまう。

そんなことが、しばらくつづいた。しかし、そのうちに気づかれたらしい。ある日以後、お櫃は、夕食がすむと茶ぶ台のそばから移されて、戸棚《とだな》の上へしまわれるようになってしまった。

いま思い出しても、恥ずかしさで胸がしめつけられるような苦《にが》い記憶である。

北陸の冬

北陸の冬は足ばやにやってくる。十二月に入ると、晴天の日はほとんどなくなり、鉛色《なまり》の空から雪が舞い落ちてくる日が多くなった。寒さは、日を追ってきびしくなっていった。ぼくは、空襲のあと東京に行って持ち帰った荷物の中から、父の着古した薄手《うすで》のマントを取り出し、それを着て学校へ通《かよ》うことにした。奇妙な恰好《かっこう》だったが、スタイルを気にするどころではなかった。

電車の乗りかえ駅の稲荷《いなり》町の狭いホームは、下校時にはいつも中学生や女学生たちであふれていた。しかし、電車は一時間に一本しかなく、おまけにわずか二両連結だったから、積み残されることもあった。

ある日のこと、ぼくはその屋根のない吹きさらしの仮設のホームで電車を待っていた。板を敷き並べただけのホームに積もった雪は、人の足で踏《ふ》み固められ、氷の板となって、その冷たさが薄いゴム底を通して伝わってくる。それだけならまだしも、ぼくの地下足袋《たび》は九月の末ごろに配給になったものだったが、ゴムの接着のぐあいが悪かったと見えて、ゴム底と布地《ぬのじ》の間があちこちはがれていた。そこから、冷たい水がしみ込んできて、足を濡《ぬ》らすのである。それをどうすることもできず、長い時間立ちつくし、そのあげくに、やってきた電車にも乗れなかった。

これが原因で、ぼくの左足の親指は凍傷《とうしょう》にかかってしまった。それで、以後その親指は、お風呂に入ってもまったく熱さを感じなくなってしまった。

また、このころから、ぼくの手や足のところどころにおできができはじめた。それは疥《かい》癬《せん》という伝染性《でんせん》の皮膚疾患《ひふしっかん》の一種で、当時は、衛生《えいせい》状態の悪さに加え栄養状態も悪くて、からだの抵抗力が落ちている人が多かったので、この病気に悩まされる人がかなりいたのである。

症状は日ましに悪化し、手の痛みもだいぶひどくなったが、とくに足がひどくやられて、とうとう歩くことができなくなってしまった。もちろん、もう学校へも行けない。

そんなある日、明和のおじいさんが、滑川《なめりかわ》にある鉱泉《こうせん》がこの種の病気によく効《き》くという話を聞いてきて、そこへ連れていってくれることになった。舟橋の駅までの一キロたらずの道、ぼくは歯をくいしばって痛さをこらえながら、一時間あまりもかけてたどりつく有様《ありさま》だったが、しかし鉱泉に入っての帰りの歩きは、鉱泉の効き目があったのか、いくらか楽《らく》であった。

こうしてしばらくの間、学校への通学のかわりに、ぼくはおじいさんといっしょに鉱泉がよいに明け暮れた。そのおかげで、ようやくひと月ぶりで学校へ戻ることができるようになった。

このころ、学校では、高校（旧制高校）入試の日も近づき、進学希望者には補習授業も行なわれていたが、ぼくはとうてい進学できる身ではなかった。補習に出る級友の姿を横目で見ながら、ぼくはさびしさとみじめさを噛《か》みしめていた。

卒業が近づいたある日、ぼくは、富山市のほぼ中心にあるN銀行富山支店の就職試験を受けに行った。筆記試験はとくにむずかしかったという印象はないが、しかしただ一つ、

「NHKとは何か」という常識問題があって、その答えに「窒素《ちっそ》、水素、カリウム」と書いたことだけは忘れようがない。

いま考えれば、まったくのお笑いぐさだが、そのころ、ラジオはまだ堀岡村の中村さんの家に預けっぱなしにしていて、ずっと聴《き》いてはいなかったのである。だから、戦争のあと使われるようになった「NHK」という略号も知らなかったのだ。

面接では、家族のことや住居《すまい》のことなど聞かれたほか、こんなやりとりもあった。

「岡本君という生徒を知っていますか？」

「はい、知っています」

「親しい友達ですか」

「いいえ、クラスがちがいますので、個人的には話したことはありません」

「ああ、そうですか」

岡本君は成績も優秀で級長をしていたので、転校生のぼくも彼のことは知っていた。彼のお父さんが現職の富山県知事であることも、だれかから聞いて知っていた。でも、ぼくはことばをかわしたことはなかったので、正直にそう答えた。もしも、「友達です」とか「親友です」とでも答えていたら、採用してくれたのだろうか。

でも、ぼくが不合格になったのは、たぶん「NHK」や岡本君との関係のせいではなくて、ぼくに両親がいなかったこと、自宅通勤ではなかったことが、ほんとうの原因だったにちがいない。

失業者

戦争前の中学（旧制中学）は、修業年限が五年であった。ところが戦争が激しくなって、生徒たちを一年でも早く社会に送り出し、さらには兵役《へいえき》につかせようという政策によって、ぼくたちのすぐ上級の学年からは修業年限が一年短縮され、四年で卒業ということになった。ぼくたちの学年も同じく四年で卒業することになっていたが、途中で敗戦を迎えてしまったために、おかしなことになった。つまり、ぼくたちの学年にかぎり、四年だけで卒業しても、五年まで在学しても、どちらでもよいことになったのである。

次の学年は、また前に戻って五年で卒業ということになった。そして翌年、一九四八年

（昭和二三年）度からは、教育制度が大きく変わって、六・三・三制のもと、中学四年以上は新制高校（現在の高校）へと移行していくのである。

こんなわけで、ぼくたちの学年では、四年で卒業するものと五年まで在学するものとがあった。そしてまた、四年で卒業するものの中には、ぼくのように家の事情で就職するものと、高校（旧制高校）に進学するものとがいた。

一九四六年（昭和二一年）三月、就職組の卒業式が、進学組よりひと足先に行なわれた。その数は三十人あまりであったろうか、どこかの教室が式場にあてられ、ひっそりとさびしい卒業式だった。

こうして、ぼくはもう中学生ではなくなった。しかし、就職先はまだ見つかっていなかった。やがて四月になり、多くの同期生たちが、富山高等学校や薬学専門学校などへ進学していったが、富山の駅などで彼らの姿を見かけたときなど、無意識のうちに視線をそらし、彼らを避《さ》けようとしている自分に気づいて、やりきれなさを感じていたものだった。

四月の終わりに近づいても、就職先は見つからなかった。職業安定所へ何度も足をはこんだすえ、ようやく小さな鉄工所から工員の求人が出ているのを見つけた。

安定所の紹介状を持って雨の中を訪《たず》ねていった工場は、ガランとした建物の隅《すみ》の方に二、三台の機械がすえつけてあり、人影はなかった。

「こんにちは。職業安定所からの紹介でまいりました」

声をかけると、奥の戸があき、作業服の人が出てきた。その顔を見た瞬間、ぼくは驚いて目をみはった。その人は、ぼくたちといっしょに明和《めいわ》さんの家を借りて住んでいる良峰《よしみね》さんの若主人だったのだ。良峰さんもびっくりしていた。

「なんだ、中山さんだったのか。でも、こんな仕事は中学を出た人には向かんから、どこか、事務の仕事でもさがしなさい」

「いいえ、どんな仕事でもやりますから、働かせてください」

「うーん、でもやっぱりそういうわけにもいかんだろう」

こうして、この就職も不調に終わってしまった。ぼくは力なく道を引き返した。

一方、妹の方も、この三月で高等科を卒業していた。ところが、このころから手に疥癬《かいせん》ができて、それがひどくなり、こんどは妹が、明和のおじいさんに連れられて滑川《なめりかわ》の鉱泉《こうせん》にかよう羽目《はめ》になっていた。失業者の兄と、病気の妹と、泣くにも泣けない毎日がつづいた。

農作業が忙しくなると、ぼくもひまをみては明和さんの家の仕事を手伝った。しかし、こんな調子でいつまでも明和さんのところにお世話《せわ》になっているわけにもいかない。東京へ戻って働くことはできないだろうか、と考えているうちに、もう一つの決心がぼくの中でしだいに固まっていった。それは、母たちの遺骨《いこつ》を東京へ移すことだった。

母と佐智子の遺骨を納《おさ》めた応声寺《おうしょうじ》のお墓には、父の遺骨は入っていなかった。中山家の墓は、富山とは別に東京にもあって、父はそちらに埋葬《まいそう》されていたからだ。父と母、佐智子の遺骨を一つのお墓に納めること、それはぼくが以前から願っていたことでもあった。

ぼくは上京の準備を始めた。

遺骨を抱いて東京へ

五月十六日の夜行列車で、ぼくは母と佐智子の遺骨を抱いて、ひとり東京へ向かった。

東京に着くと、ぼくは、まっすぐ小岩の家へ――母が帰りたがっていた小岩の家へ、直行《ちょっこう》した。家にはひきつづきNさん一家が住んでいたが、わけを言って上にあがると、ぼくは、家を明けるときにそのままにしてあった仏壇《ぶつだん》の前に、遺骨の入った火消し壺《つぼ》を置いた。

次に、葬儀屋《そうぎや》へ行って骨甕《こつがめ》を手に入れ、その足で近くのお寺へ行き、父や祖母の葬儀のときお経《きょう》をあげてもらったお坊さんに読経《どきょう》を依頼し、家に戻った。

しばらくして、お坊さんが見えた。

「あんなに優しいお母さんだったのにねえ」

お坊さんはぼくに慰めのことばをかけると母と佐智子の戒名《かいみょう》を決め、それを骨甕に書いてくださった。それから、二人の遺骨を、火消し壺からその新しい骨甕に移しかえた。Nさんの家族はどこかへ出かけており、小母《おば》さん一人がそばについていてくれた。

新しい骨甕を仏壇に安置《あんち》し、読経が始まった。

「夫《それ》、人間の浮生《ふしょう》なる相《そう》をつらつら観《かん》ずるに……」

蓮如上人《れんにょしょうにん》の御文章《ごぶんしょう》であった。お坊さんの朗々《ろうろう》たる声は、二年あまり前、父が亡《な》くなったときにも、去年《きょねん》、祖母が亡くなったときにも、聴《き》きなれたもので、その声を聴いているうちに、ぼくの心は何とはなしになごんでいくようであった。

「……されば朝《あした》には紅顔《こうがん》ありて、夕《ゆうべ》には白骨となれる身なり。すでに無常《むじょう》の風きたりぬれば、すなはちふたつのまなこたちまちに閉ぢ……」

父の死んだときも、この経文《きょうもん》のところにくると、悲しさがこみあげてきて、目がしらがじーんとしたものだったが、こんどもやはりそうだった。

やがて読経が終わる。仏壇に深ぶかと頭を下げてから、お坊さんはくるりと向きをかえ、

「すみました」

と、お辞儀《じぎ》をなさった。こういうしぐさも、以前と変わらなかったので、いっそう前のことが思い出される。ただ、母や祖母がすわるべきところに、そしてもっと以前は父がすわっていたところに、いまはぼくがすわっていた。

そのあとしばらくの間、富山の空襲の有様《ありさま》やその後の様子《ようす》、そしてできれば東京へ戻って働きたいことなどを話した。だが、お坊さんの意見はこうだった。

「しかし、いま東京はひどい食糧難だし、お母さんが生きておられたとしても、暮らしていくのは大変ですよ。まあ、当分の間は富山の方におられた方がいいでしょう。もし、富山でお勤《つと》めをする気があるのだったら、知人がいるので頼んでみてあげましょう」

思いがけない申し出だった。ぼくは頭を下げ、「ぜひお願いします」と頼んだ。

「そう。私が大学時代に教《おそ》わった先生の息子《むすこ》さんで、いま富山高等学校の教授をしている方がいます。富山へ帰ったら、一度たずねていってみなさい。君のことを、手紙でお願い

してておくから。名まえは、わしおさん、鳥の鷲《わし》に、しっぽの尾、鷲尾さんという人です」

親切《しんせつ》なお坊さんのことばを聞きながら、ぼくは、これはきっと母がぼくをみちびいてくれているのだという思いがこみあげてきて、胸が熱くなってくるのだった。

そのあと埋葬《まいそう》の手続きなどで数日が過ぎ、五月二十四日、ぼくは遺骨を納《おさ》めるためにお墓へ出かけていった。お墓は、千葉県松戸《まつど》の東京都八柱《やはしら》霊園の中にある。ぼくは総武《そうぶ》線でとなりの市川駅へ行き、そこからバスに乗りかえて終点の松戸駅まで行った。

松戸駅から霊園までは、六、七キロあった。畑や森の繁みをかすめながら、どこまでもうねうねとつづく霊園への道を、行きかう人もないままに、ぼくは心の中で、母と佐智子に語りかけながら歩いた。

「お母さん、もうすぐだよ。もうすぐお父さんに会えるんだよ」

「佐智子、いつまでもお父さん、お母さんといっしょにいるんだよ」

初夏の日射《ひざし》はそれほどきびしいわけではなかったが、ほとんど風のない中を何十分か歩きつづけると、さすがにからだじゅうが汗ばんでくる。

「お母さん、佐智子、ちょっと休ませて」

道ばたの木《こ》陰《かげ》に腰をおろしてひと休みした。遺骨も、ぼくの膝《ひざ》の上にのせて休ませてあげる。そして、再び歩き出す。遺骨の重みを、腕でたしかめながら——。

霊園の手前の石屋さんで、お花を買った。三円五十銭《せん》だった。霊園の門を入ると、すぐ左手に管理事務所がある。そこへ立ち寄り、遺骨を係の人に手渡した。腕が、急に軽くなった。

そのあと、広い霊園の中を、かすかな記憶をたどりながら、父の眠っているお墓をさがした。ほどなく、「中山家之墓」と刻《きざ》まれたお墓をさがしあてた。ぼくは墓前《ぼぜん》にひざまずき、両手を合わせて、今日《きょう》までのことを心の中で父に報告した。霊園の中は、シンと静まりかえっていた。

純情二重奏

一つの仕事を果《は》たし終《お》えて、五月下旬、ぼくは富山へ戻ってきた。ところがこんどは、栄養不良のせいか、甘いものも食べないのに虫歯がひどくなって、その虫歯の治療《ちりょう》のために、しばしば富山市へ出かけていくことになった。

そのころはすでに、市の中心部の総曲輪《そうがわ》の商店街には、飲食店や映画館、古着を売る店などが次々にできて、人通りもかなり賑《にぎ》やかになっていた。ぼくは、就職先も見つからず、気分が鬱屈《うっくつ》していたせいもあって、歯の治療の帰りに、よくいろんな映画を見たものだ。

ある日、高峰三枝子主演の『純情二重奏』という映画が、高岡市の映画館で上映されるのを広告で見て、わざわざ汽車に乗って高岡まで出かけて行った。この映画は、両親を亡《な》くした一少女が、いくたの困難を乗りこえて歌手としてデビューしていくというストーリーだったので、どうしても見たいと思ったのだ。

その主題歌の歌詞は、こういうのだった。

♫森の青葉の　蔭《かげ》に来て
なぜに淋《さび》しく　あふるる涙
想い切なく　母の名呼べば
小鳥こたえぬ　亡き母恋し

君もわたしも　みなし子の
ふたり寄り添い　竜胆《りんどう》摘めど
誰《だれ》に捧《ささ》げん　花束《たば》花輪
谺《こだま》こたえよ　亡き母恋し

（西条八十・作詞）

映画の中のとくにこの歌が、そのときのぼくの境遇《きょうぐう》や心境《しんきょう》にぴったりに思えたので、ぼくは涙を流しながら、この映画をくり返して二度も見た。

この映画を見てからというもの、またもや母を失った悲しみがこみあげてきて、ぼくは、村の集落のはずれにある、田んぼの見渡せる小高い森へ一人でこっそり出かけて行き、「純情二重奏」を口ずさんだりした。

そのうちに、たまらなくなって、

「お母さぁん！」

と、口に出して呼んでみたりもした。こんな感傷にひたっていてはだめだ、ともう一人の自分が叱《しか》ってはいたが、どうすることもできなかった。

鷲尾《わしお》先生

六月の下旬になって、ぼくは一通の封書《ふうしょ》を受け取った。東京のお坊さんに紹介された鷲尾先生からだった。お坊さんがちゃんと便《たよ》りを出しておいてくれたのだ。手紙の中身は、一度、妹もいっしょに、泊まりがけで遊びに来なさい、というものであった。

数日後、晴れた日に、ぼくは妹を連《つ》れ、私鉄を乗りついで、鷲尾先生を訪《たず》ねた。先生は、富山平野の東南の端近く、西ノ番という小さな村のお寺の離れに、夫人と住まっておられた。

先生は、大きな丸い黒ぶちの眼鏡《めがね》をかけておられた。その分厚《ぶあつ》いレンズを通して、温かい眼差《まなざ》しをぼくたち兄弟《きょうだい》にそそがれる先生に、ぼくはずっと以前から知っているような懐《なつか》しさを感じた。先生も富山で空襲にあわれ、ここに仮住《かりず》まいされているとのことだった。

美しい夫人が、ぼくたちにご馳走《ちそう》をつくってくださった。きれいなお椀《わん》でいただいた吸い物の風味や、よく冷えた白玉につぶあんをつけて食べたときの歯ざわりに、ぼくの味覚《みかく》中枢《ちゅうすう》は何年ぶりかで堪能《たんのう》した。

しかもその上に、先生は、ぼくの就職のために力を尽《つ》くすことを約束してくださった。それからひと月ほどたった七月下旬、ぼくは、鷲尾先生のお骨折で、富山高等学校（現在の富山大学）の生物学教室に助手として採用されることになった。

富山高校は、富山港線の蓮《はす》町の駅のすぐそばにある。東岩瀬《いわせ》港の勤労動員の行き帰りに、線路わきのグラウンドごしに見た木造校舎が懐しかった。しかし、一方では、てれくさい感じもないではなかった。中学のときの同期生が何十人か、そこに在学しているはずだからだ。でも、ぜいたくをいっている場合ではない。

校長室で辞令《じれい》を渡されたあと、鷲尾先生から生物学の植木先生を紹介された。快活でスマートな先生だ。次に、植木先生の案内で生物学教室へ行き、そこで先輩《せんぱい》の助手の恒田《つねだ》さんに紹介された。

助手としての仕事は、朝、生物学教室のそばにある変電室へ行き、電源スイッチを入れることから始まる。夏休みの間は、博物《はくぶつ》班の学生がちらほら出入りしているだけでのんびりしていたが、九月に入ってからは、実験材料の調達《ちょうたつ》、顕微鏡《けんびきょう》の出し入れなど、それなりに忙しくなった。

実験にトノサマバッタを使うときなど、恒田先輩といっしょに、学校の近くの草原へ行き、二人でつかまえてくる。また、植木先生が準備室の水槽《すいそう》に飼われていたオオサンショウウオの世話をするのも、ぼくたちの役目だった。顕微鏡の操作《そうさ》も、恒田さんに手ほどきしてもらい、その受け売りで、実習のときにはぼくが学生に教えてやることができるようになった。

そんなある日、植木先生がぼくにこう言われた。

「君も、仕事の合い間に勉強して、生物の先生の資格を取るように頑張《がんば》ってみなさい」

ぼくが、きょとんとしていると、先生はさらにこう言われる。

「この教室の、もと助手だった三人も、資格試験に通って、いまは先生になっているんですよ。富山中学の坂下さんも、その一人です。まあ、こんな本なんかで勉強するといいかも知れませんよ」

そして、そばにあった分厚い、どっしりした本を数冊、示されたのだった。

「はい」と返事をしたものの、まずその本の厚みに気おくれする。けれども、同時に、先生の暖かい厚意《こうい》に、胸が熱くなるのを覚《おぼ》えたのだった。それ以来、ぼくもときどき、先生の講義を、教室の後《うし》ろの方で聴講《ちょうこう》させてもらうようになった。

妹と別《わか》れて

助手に採用されて四カ月あまりたった十一月下旬のある日、父の従兄弟《いとこ》で、売薬《ばいやく》（くすり売り）をやっている針木さんが、舟橋村にやってきた。この針木さんには、ぼくたちの後見人《こうけんにん》（親のいない未成年者《みせいねん》のために、法律上の親の権利・義務を肩がわりする人）になってもらっていた。後見人を置かないと、命とひきかえに母が残してくれた銀行の預金通帳の金額が引き出せなかったからだ。

この日訪《たず》ねてきた針木さんは、明和《めいわ》さんに向かって、ぼくたち兄妹《きょうだい》の今後を決定する重大な話をした。

「明和さんには、これまで伊佐男たちのことをおまかせしっぱなしで、本当に申しわけありませんでした。私の方でも、これまで何とかしなくてはと思っていたんですが、私も徴《ちょう》用《よう》から帰ってきてから、家族のことだけで手いっぱいで、どうにも動きがとれませんでした。でも、いつまでも明和さんの方にばかり甘えているわけにはいきませんので、とりあえず伊佐男だけでも私の方に引き取らせていただこうと思います」

それから針木さんは、ぼくの方に向かって、ことばをつづけた。

「伊佐男君、私と協同で、売薬の仕事をやりましょう。収入も、いまの勤《つと》めよりずっとよくなるし、いずれは和枝ちゃんも引きとれるだろうから……」

ぼくの気持ちは、複雑にゆれうごいた。しかし、こういう話になった上は、明和さんの家にこれ以上とどまっているわけにはいかないのだ、と自分に言い聞かせた。そのあと、いくつかやりとりがあったすえに、

「どうぞよろしくお願いします」

と、ぼくは頭を下げた。

数日後、ぼくは、針木さんの家のある四方《よかた》町へ移るために、これまで一年あまりお世話になった明和さんの家を出た。高等学校の助手の仕事は、植木先生や恒田《つねだ》先輩など暖かい人たちにかこまれて、楽しかった。だから、やめるとなると後《うし》ろ髪をひかれる思いだったが、それ以上につらかったのは、妹と別《わか》れわかれになることだった。ひとり残される妹が

哀れだった。しかし、十七歳のぼくにはどうすることもできなかった。十五歳の妹も、心細かったにちがいないが、泣き言《ごと》ひとつ洩《も》らさなかった。

こうして、妹だけは明和さんの家に残り、秋から通《かよ》いはじめていた洋裁学校《ようさいがっこう》をつづけることになった。洋裁を習《なら》いはじめたのは、いうまでもなく、手に職をつけて、自活の道を歩み出すためだった。

四方町は、富山市から数キロ離れた、日本海に面する小さな町である。家の大半が、売薬業にたずさわっていた。いわゆる〝売薬の町〟である。

戦争前は、「富山の薬売《くすりう》り」といえば、子どもまでよく知っていた。その売り方は、得意《とくい》先の家庭に、薬を預けておき、一年に二回ほど訪問して、その間《かん》に使った薬の代金を受け取り、新しい薬と交換してゆくという〝先用後利《せんようこうり》〟の商法で、日本全国の家々で重宝《ちょうほう》がられていた。

戦争が激しくなってからは、薬の製造も制約を受け、売薬にたずさわっていた人々も戦地へ送られたり、年輩《ねんぱい》の人でも徴用《ちょうよう》で軍需《ぐんじゅ》工場へまわされたりして、このような訪問販売はおおかたとだえていたようだった。

しかし、ぼくが四方に移ったころには、品不足ながら薬の生産も徐々《じょじょ》に軌道《きどう》に乗りはじめ、売薬の仕事は「現売《げんばい》」と呼ばれる現金販売の形で再開されていた。

くすり売り

最初の売薬行商の旅に出立《しゅったつ》する前の数日間、ぼくは針木さんから薬についてのひととおりの説明を受けた。また、行李《こうり》に詰《つ》める薬の詰め方や、行李を大きな風呂敷《ふろしき》に包んでの背負い方などについても、手ほどきしてもらった。

出発の日は、みぞれまじりの雪が降っていた。夕食をすませてから、ずっしりと重い行李を背負い、その上に両手にも荷物をぶらさげて、針木さんと家を出る。二人のほかに、佐藤さんという人がいっしょであった。

四方駅から射水《いみず》線で富山へ出、富山駅から東京行きの夜行列車に乗り込む。富山へ疎開《そかい》してきてから、ぼくには三度目の上野行き夜行列車だ。

翌朝、上野に着き、総武《そうぶ》線に乗りかえる。こんどの行商《ぎょうしょう》の目的地は、千葉県の農村地帯なのだ。その日の午後、めざす馬来田《まくた》という小さな駅で降り、駅の近くの旅館に宿をとった。いよいよ、明日から行商だ。

翌朝、行李を背に、村へ向かった。針木さんについて、ある一軒《けん》の農家の庭先へ行く。

「毎度ありがとうございます。富山の薬屋ですが、いろいろとよく効《き》く薬を持ってきました。どうぞごらんになってください」

そう愛想《あいそ》よく声をかけながら、針木さんは縁《えん》先に行李をおろし、手ぎわよく風呂敷をほどく。

「薬屋さん、頭痛《ずつう》の薬、持っているかね」

「はい、いいのがありますよ」

と、行李から頭痛薬を取り出して、

「これはアスピリンを主剤《しゅざい》にしていまして、頭が痛いときや歯の痛いときに、一服《いっぷく》おのみになると、しばらくすると痛みは忘れたように治《なお》ってしまいます。それに、カフェインも調合してありますので、のんだあと眠くなってしまうようなことはございません」

といった調子で、なごやかな感じのうちにも、強調すべきことを折り込んでいく。

「ふうん、そうかい。じゃあ、それを十服ほど売ってくれっかい」

「はい、ありがとうございます。ところで、これから寒さに向かいますから……」

というぐあいにして、風邪薬《かぜ》をすすめる。さすがだなあ、と思う。

こうして二、三軒の農家をまわったあと、針木さんがぼくに命じた。

「このあとは、伊佐男も一人でまわってみなさい」

そこでぼくは針木さんと別れ、一人で村道《そんどう》に沿って家々をまわることになった。

「こんにちは、富山の薬屋ですが、御用はありませんか……」

はじめて一人で声をかけてみるが、恥ずかしさが先に立って、声がうわずってくる。

「ああ、薬屋かね。いま間に合ってるよ」

といわれると、

「そうですか、じゃあ、またお願いします」

と、あえなく退散《たいさん》する。しかし、そうして三、四軒まわっているうちには、

「薬屋さん、風邪薬は持ってるかい」

「はい、いいのがありますよ」

というわけで、買ってくれる家もある。

こうして一つの集落をまわり終えると、ほかの集落へと移動する。恥ずかしさも少しず

つ薄れてきて、ことわられても、

「お買いにならなくても結構ですから、どうぞ見てやってください」

と、行李を広げられるようになる。

「この腹《はら》薬は、みなさま方に昔《むかし》からお使いいただいていて、効《き》き目はよくご存知《ぞんじ》と思いますが、オオバコやゲンノショウコのような昔から親しまれている成分と化学製剤《せいざい》を配合していますので、お腹《なか》のくだったときや、しぶり腹、腹いたにとてもよく効きます……」

と、何種類もの薬の説明をする。話しているうちに、そこの家じゅうの人がまわりに集まってきて、興味ぶかげに薬を眺めてくれる場合もあれば、うさんくさそうにされるときもある。

こうして、日暮れまで村から村をまわり、旅館に帰りつくと、もう夜だ。

部屋に戻り、真っ先にすることは、行李を畳《たたみ》の上にきちんと置いて、その前に正座《せいざ》し、両手をついて行李に向かい、お辞儀《じぎ》をすることである。それから、〝親方〟である針木さん、そして佐藤さんに、〝若い衆〟(つまり使用人)であるぼくは、

「お疲れさまでした」

と挨拶《あいさつ》する。

夕食が終わり、交代で入浴もすむと、針木さんと佐藤さんが、地図を広げ、明日はどこをどうまわろうかと計画を練《ね》る。それがまとまり、翌日の準備が一段落すると、陽気な佐藤さんが、お酒も入っていないのに越中八尾《えっちゅうやつお》のおわら節《ぶし》を歌って聞かせてくれたりした。

こうして一週間あまりが過ぎると、持ってきた薬がほぼ底をつく。そこで富山へ帰り、しばらく休むと、また行李を背負って行商の旅に出かけてくるのだった。

年が明け、一九四七年(昭和二二年)になると、行商にもだんだん慣《な》れて、千葉県以外にも、神奈川県、静岡県と、各地を転々《てんてん》とまわって歩いた。

春が過ぎ、暑い夏がきた。毎日の商《あきな》いにはだいぶ慣れてきたが、その慣れとは逆に、ぼくの中にしだいに疑問が湧《わ》きあがり、それがだんだんひろがっていった。それは、いったいいつまでこういうふうにして生きていかねばならないのか、という疑問だった。まるで、出口のないトンネルの中に閉じこめられたような感じだった。しかも、それを相談する相手もいない。ぼくはたえず焦《あせ》りに似た感情に襲《おそ》われる一方、深い孤独の中に落ち込んでいった。

静岡県の袋井《ふくろい》と掛川《かけがわ》との間、東海道本線に沿って丘の山陰《かげ》に点在する農家をまわっているときのことである。ぼくは、線路のわきにじっとたたずんだことがあった。しかし、それ以上の勇気はなかった。轟音《ごうおん》をたてて走り去った列車を見送ったあと、ぼくはとぼとぼと宿へ帰っていった。

こうして、迷い悩みながらも、ぼくは売薬行商を始めてまもなく一年を迎えようとしていた。秋も終わりに近い、ある日のことである。静岡県の三島《みしま》で、行商の帰りに本屋に立ち寄ったぼくは、ふと一冊の本に目をとめた。鏑木外岐雄《かぶらきときお》著『生物学』だった。それは、植木先生が講義によく用いられていた本だ。ぼくは電気に打たれたような感じでその本を買い求めた。

夕食がすむのを待ちかねるようにして、ぼくは本を開いた。植木先生の生物学の講義がありありとよみがえってくる。しかし、いくらも読まないうちに、針木さんの声で読むのを中断させられた。

「おまえ、そんなもの読んで何になるんだ。旅先では、商売以外に、気をそらしたらだめだぞ」

このとき、ぼくの中で、何かがふっ切れた。そうだったのだ。ぼくはもっと勉強がしたかったのだ。考えてみれば、中学二年いらい、勤労動員と空襲、それにつづく混乱に巻きこまれて、勉強らしい勉強はしてこなかったではないか——。もっと勉強したい！　ぼくは痛切に、そう思った。

その気持ちを、ぼくは針木さんに話した。きっと叱《しか》られるかと思ったが、

「そういうことなら、もう何も言わん。しかし、勉強したいのなら、若い衆の仕事とは両立しないから、自分でしっかりやることだな」

と意外にも逆に、はげましてくれた。

解《と》けない疑問

さて、こうなった以上は、もう針木さんの家にとどまることはできない。ぼくは、思いきって東京へ出ることにした。東京で、こんどは独立して売薬をつづけ、それで学資をためて、いずれは大学へすすんで勉強したいと考えたのだ。
しかし——妹はどうするか？　ぼくはずいぶん悩んだが、しかし妹を連れていく力はない。ぼくは、妹にはすまないと思いつつ、何とか目途《めど》が立ったところで妹を呼び寄せるこ

とにし、ひとり上京することにした。

一九四八年（昭和二三年）春、ぼくは東京に出た。住むところは、一年間という約束にもかかわらず小岩の家にいすわって動かないNさんとねばりづよく交渉し、奥の六畳《じょう》の部屋だけを明けてもらった。

小岩の家は、この三年の間に、門も塀《へい》もなくなっていた。台風《たいふう》で倒れたのを、薪《たきぎ》にして燃されてしまったのだ。庭の木も、背のとどくあたりまですっかり切り取られていた。

こうして、東京での一人だけの生活が始まった。ぼくは十八歳だった。

このころは、売薬の行商も、現金販売がそろそろ行きづまって、戦争前のように、各戸《かっこ》に薬を預け、あとで使った分だけを支払ってもらうという配置《はいち》販売へと移行しつつあった。ぼくも、千葉県内のある村を中心に配置販売をやることにし、それを補《おぎな》うかたちで時折、現金販売にも出向いた。

〝若い衆〟をしていたときとはちがって、ぼくはもうだれにもわずらわされずに毎日の自分の行動を決めることができる。それに、一生けんめいに働けば、それなりの成果もあがった。こうして、一人立ちの見通しもついた。

しかし、そのうちにまた新しい疑問が湧《わ》き起こってきた。学資をたくわえるという目標は、いちおうある。しかし、こんなにあくせく働いてお金をためるということが、何だかひどくむなしいことに思えてきたのだ。

あの空襲のことが思い出される。ぼくたちは、あの空襲で無一物《むいちぶつ》になってしまった。物質や金銭などは、火事や盗難にあえばなくなってしまうものだ。また、死んでしまえば、そんなものがいくらあったって何にもなりはしない。じゃあ、物質よりも、金銭よりも、もっと大切なものは何なのだろうか……。

ぼくの疑問は、さらに「人が生きているとはどういうことか」という根源《こんげん》的な疑問にまでさかのぼっていく。人間の生命とは何なのだろうか……。人生とは何なのだろうか……。幸福とは何をさすのだろうか……。こうした疑問がとりとめもなく次々に湧いてきて、ぼくの意識を占領するようになっていった。

その答えを見い出そうとして、売薬のかたわら、ぼくはいろんな本を読みあさった。西田幾多郎《きたろう》、田辺元《はじめ》、三木清、ルソー、トルストイ、倉田百三《ひゃくぞう》など、当時の青年がよく読んでいた哲学書や文学書が多かった。教会へも足をはこんでみた。しかし、ぼくの求める答えは容易に見い出せなかった。

国家公務員になる

また新しい年が明けた。ぼくは十九歳になっていた。この年、一九四九年（昭和二四年）一月十六日、第一回目の国家公務員試験があった。この試験は、それまで日本の官僚制度の中核《ちゅうかく》を占めていた高等文官試験を廃止し、新しい民主的な公務員の登用制度として始められたものであった。

その趣旨《しゅし》から、この試験では学歴による受験資格の制限ははずされ、満十八歳以上で大学卒業程度の学力があればよいということになっていた。ぼくは、新聞でこの試験のあることを知って、深い考えもなく応募した。

一次試験場になったお茶の水の中央大学には、東京地区の五千人あまりの受験者がつめかけた。問題は全部で百題、中身は一般常識、政治、経済、文章理解、行政判断問題など、広く浅いものであった。

一カ月後、中央大学で一次試験の合格者の氏名が掲示《けいじ》された。ぼくが千葉の行商先から戻って見に行ったのは夕方で、ほかに人影はなかった。ずっと見ていったが、ぼくの名まえはなかった。やっぱりだめだったのだなあと思い、帰りかけたとき、ふと掲示板からはがれて落ちたらしい氏名を書いた紙が見えた。そこに、ぼくの名まえがあった。

一週間後、第二次試験が霞ヶ関《かすみがせき》の人事院で行なわれ、さらに二週間ほどして、三月十日、合格者が発表された。ぼくは幸い合格していたが、受験の動機そのものが何となく受けてみたという程度だったので、さほど深い感慨《かんがい》はなかった。それよりも、この日は、あの東京空襲の日から四年になるなあという感じの方が強かった。

それから二十日ほどたった三月末の朝、ぼくは懐《なつか》しい声を聞いた。

「お兄ちゃん、私よ！　いま着いたの！」

生活の見通しがつき、ぼくが妹を呼び寄せたのだ。四年ぶりに小岩の家へ帰ってきた妹は、部屋の中の天井《てんじょう》やら床《とこ》の間《ま》やらを、懐しそうにしげしげと見ていた。しかし、いまぼくらが自由になるのは、この家のこの六畳一間《じょうひとま》だけなのだ。

それから一週間後、妹は、新宿《しんじゅく》にある文化服装学院の研究科に入学した。富山でやっていた洋裁の勉強をつづけるためだ。そのあとぼくの勤務先も決まった。新しく発足《ほっそく》した人事院という官庁《かんちょう》で採用になったのだ。

こうして、ぼくと妹の新しい生活が始まった。しかし、この生活もわずか一年しかつづかなかった。原因は、またしてもぼくの〝心の中〟にあった。

日光での七週間にわたる研修のあと、ぼくは人事院の「職階課《しょっかいか》」というところに配属《はいぞく》された。そこは、各官庁へ出向いていって、それぞれの仕事（職務）の内容・実態を調査するところだった。

はじめのうち、ぼくははりきって仕事にはげんだ。しかし、そのうちに自分のやっている仕事に対して、何だかうそ寒いような、落ちつきの悪いような感じを抱《いだ》きはじめた。

というのは――ぼくたちのやっている職務調査が、ただちにその職務にたずさわっている職員の給与に影響するわけではなかったが、しかし調査を受ける側としては、やはり自分たちの仕事を高く評価してほしいと考える。そんなわけで、職階課員に対する各官庁の人たちの応待《おうたい》ぶりは、どうしても丁寧《ていねい》になるのだ。仕事の関係で民間の会社へ出かけたときは、その傾向はもっと強かった。

これまで、もっぱら人に頭を下げて生きてきたぼくにとって、これは、誇張していえば、天地がひっくり返るほどの変わりようだった。なにしろ、中学卒で、しかもまだ二十歳前のぼくを、年長の、それも部長や課長クラスの人までが、丁重《ていちょう》にあつかってくれるのだ。正直のところ、それは悪い気分ではなかった。しかしぼくは、それを居心地《いごこち》わるく感じていたし、また時に、人に頭を下げられていい気になっている自分に、ふと気づいて、自己嫌悪《けんお》におちいったりした。

それとともに、しばらくの間ぼくの意識から遠のいていた、生命とは何か、人生とは何か、といった問題が、再び頭をもたげてきた。やっぱり大学にすすんで、そういう問題に本気でとりくんでみたい！　一度そう思い出すと、もうそれを断念《だんねん》することはできなくなってしまった。

大学進学

しかし、人事院をやめて大学進学を実現するには、二つの障害があった。一つは、ぼくには大学受験資格がないことであり、いま一つは、どうやって生活を立てていくかという経済的な問題である。

受験資格については、この年の十一月に行なわれた大学入学資格試験を受け、合格することができた。これで一つは片づいた。

経済的な問題の方は、そう簡単には見通しも立たない。しかし、これについては、困難を覚悟《かくご》で、冒険《ぼうけん》することにした。教会で聞いた聖書の言葉《ことば》にも、「あすのことは思いわずらうな。あすのことは、あす自身が思いわずらうであろう」とあるではないか。夏休みの売薬《ばいやく》のアルバイトぐらいでは追いつかないかも知れないが、とにかくやれるところまでやってみよう、と思ったのである。

年が明け、三月十一日から国立大学の入試が始まった。ぼくは、東京教育大学理学部二類を受験した。結果は不安だったが、十一日後に発表された合格番号の中に、ぼくの番号を見つけることができた。

四月、ぼくは、国家公務員から、こんどは大学生になった。妹の方も洋裁学校を卒業して、家事と洋裁の仕事のかたわら、定時制高校に通学しはじめた。

ぼくの入った理学部二類は、生物・地学系のコースであった。生物学をやろうと思ったのは、富山高校で生物学教室の助手をやった経験もいくらか関係はあったろうが、やはり根底《こんてい》にあったのは、あの空襲いらい芽ばえていた「生命とは何か」という問いを、何とかして解《と》きたい、と考えていたからだ。

ぼくの大学生活は、いちおう順調にすべりだした。月額千八百円の奨学金《しようがく》を受けられた上に、当時月額三百円だった授業料免除《めんじよ》の特典も受け、夏や冬の休みには売薬の行商で、十分ではないが稼《かせ》げたからだ。また、妹の方も銀座のある洋装店の既製《きせい》服の仕立ての仕事で、比較的わりのいい収入があったので、それでだいぶたすけられもした。

ところが、ぼくが三年にすすんだころから、生活は急速に苦しくなってきた。妹の方に仕事がまわってこなくなり、売薬の行商もはかばかしくなくなったからだ。しかし、インフレだけはすすんで、物価は上がりつづける。ぼくがまもなく四年になる冬のある日、こんなことがあった。

風邪《かぜ》で寝こんでいたぼくが、やっと床を離れたのと入れかわりに、こんどは妹が、熱を出して寝込んでしまった。そのころは、貯《たくわ》えはほとんどなかった。ぼくは、病気の妹をひとり残して、アルバイトの口をさがしに出かけた。一日歩いたが、見つからず、夕方近くになって家に帰った。二人とも、朝から何も食べていなかった。妹が、そっと、食べ残しのせんべいの袋を出した。そしてぼくたち兄妹《きようだい》は、火の気《け》もない寒ざむとした部屋で、その数枚のせんべいを分け合って食べたのだった。

しかし、こんな窮迫《きゅうはく》した状態がつづいていたにもかかわらず、ぼくは何とかして大学院へすすみたいと思った。無暴にはちがいなかったが、ぼくが抱《いだ》きつづけてきた問いを解《と》くには、大学四年間だけでは、まだまだ不十分だったのだ。

大学四年の秋、ぼくは研究者への道をめざし、大学院の試験を受け、合格した。一九五三年（昭和二八年）十一月中旬のことだった。

ところが、それから二週間ほどして、ぼくは自分が結核《けっかく》にかかっていることを知った。すでに微熱《びねつ》が出ており、痰《たん》の検査では結核菌《きん》が検出された。長い間の生活の無理がたたったのだった。

「このままうっちゃっておいたら、再起不能《さいきふのう》になるよ」

医師のことばは、ぼくを打ちのめした。

そのあと、結核予防法の適用《てきよう》を受ける手続きに時間がかかり、ようやく年が明けてから、ストレプトマイシンという抗生《こうせい》物質の注射《ちゅうしゃ》に、毎週二回、病院へかよいはじめた。パスという粉末《ふんまつ》の飲み薬も服用した。しかし、ぼくは、三、四回、通院しただけで、それを中止してしまった。薬代が払えなかったのだ。そのころは、予防法では費用の半額しか補助は出なかったからである。

そんなとき、こう教えてくれた人があった。

「あなたのような場合は、医療扶助《いりようふじよ》を受けられるはずだから、福祉《ふくし》事務所へ相談に行ったらいいですよ」

そこでぼくは、福祉事務所をたずねて、係の人に事情を話した。係の人からは、ぼくがこれまでどうやって暮らしてきたのか、職務とはいえ、根掘り葉掘りたずねられた。

「家を貸しているのなら、家賃《やちん》をもらっているだろう。いくらで貸してるの？」

「いえ、それがもらっていないんです」

「そんなばかなことをいったって、だめだよ。どこに、人にただで家を貸してる人がいるかね」

「いいえ、ほんとにもらっていないんです」

「いつから？」

「ええと、昭和二十三、四年ごろからずっとですから、五、六年になります」

係の人は唖然《あぜん》としていた。そして、ぼくの言っているのが本当かどうか、調べてから結論を出すということになった。

それからまもなく、熱が出て寝ていたぼくのもとに、福祉事務所から呼び出しがあった。「君の言うとおりだということがわかったよ。とにかく、いままでの滞納《たいのう》分の家賃を払ってもらいなさい。そして、まずそれを医療費に当て、そのあと医療扶助を出すことにするから……」

ぼくはNさんと話し合って、これまでの家賃として、全部で二万円を支払ってもらった。そしてその五、六年分の家賃は、そのあと何回かの注射代として消えていった。一方、Nさんは、家を新築して、まもなくそこへ移っていった。

冬の終わり

三月に入って、ベッドが空《あ》いたという知らせを受けて、ぼくは入院した。中旬、卒業式の日には外出許可をもらって大学へ行き、卒業証書だけは受け取ったが、大学院への休学届《とど》けを出さなくてはならなかった。

それから、ぼくの長い療養《りょうよう》生活が始まった。当時は、まだ化学療法が始まったばかりだったので、古くからの入院患者には重症の人が少なくなかった。だから、療養中の患者が喀血《かっけつ》したりして、何人も何人も死んでいった。霊安《れいあん》室から運《はこ》び出される、かつての療友《りょうゆう》の柩《ひつぎ》を、残された患者たちが見送るという光景が、いく度もくり返された。

しかし、ぼくの病状は、ねばりづよく化学療法をつづけたかいがあって、やがて少しずつ快方に向かった。二年と三カ月あまりの療養生活のすえ、一九五六年（昭和三一年）六月、ぼくは退院した。そして、入学したまま休学届けを出していた大学院にすすんだ。このときぼくは、すでに二十七歳になっていた。

ぼくは家庭教師で生活費を確保しながら、大学院の講義に出席し、勉強をつづけた。しかし、やがて取りかかった修士論文は、容易にすすまなかった。健康にまだ自信のなかったぼくには、家庭教師のかたわら、深夜まで研究室に残って実験をつづけるということは、とてもできる相談ではなかったのだ。ぼくにはもう、かつてのような〝冒険〟は許されなかった。

一九五七年（昭和三二年）春、大学へ、東京都内のある私立高校から教員を求める依頼があった。当時、世の中はひどい不景気で、大学への求人依頼はそうたびたびあることではなかった。ぼくは、研究もつづけたいので時間講師を希望していたが、その高校では専任教員でなければ採用しないということだった。

こうして、健康と生活の両方からのはさみうちの谷間で、ぼくはついに大学院をつづけることを断念し、生物の教師として高校の教壇に立つことになった。十年前、富山高校の生物学教室で植木先生にすすめられたことが、現実になった。

この年の十二月、妹は結婚した。長いさびしい冬のあとに妹を訪《おとず》れた春に、ぼくは感謝し、妹を祝福した。

ぼくの心を深くとらえてしまった生命《いのち》への問いは、まだ解《と》けない。しかし、ともあれ、あの母を奪った空襲から十二年、ぼくたち兄妹《きょうだい》の〝戦後〟の遍歴《へんれき》はひとまず終わった。

もう一つの
「ガラスのうさぎ」

●高木敏子

一九七九年（昭和五四年）六月上旬のある日の午前、私は、隅田《すみだ》川を渡って墨田《すみだ》区の両国《りょうごく》へ出かけていった。ある雑誌の写真撮影《さつえい》のためだった。

戦争中の学童疎開《そかい》で神奈川県二宮《にのみや》町に移る十二歳の八月まで、私はこの両国に住んでいた。カメラマンの注文に応じて、私は旧国技館《こくぎ》の前に立ったり、通学路を歩いたりした。次に、東京大空襲で焼けてしまったわが家の跡《あと》地にも行った。現在の繁栄《はんえい》した街中《まちなか》からは、とてもあの三十四年前の廃虚《はいきょ》の有様《ありさま》はしのぶすべはなかった。

「この辺に住んでいたのです」

そう言って、他人さまの家の前に立った私の心境は、何とも言えない複雑なものだった。

それから、小松川方面へ行く高速道路の下を流れる川のほとりでも何枚か撮《と》った。川に沿って、一の橋、二の橋、三の橋と、江東橋の方に向かって歩いた。一九四五年（昭和二〇年）三月九日夜半から十日にかけて、およそ二時間にわたる米軍の空襲で、東京の下町一帯は焼土《しょうど》と化した。死者は約十万人、焼け出された人は百万人に及んだ。その空襲で、私の母と妹二人が命を奪《うば》われたのである。ああ、戦争さえなかったら……と、急に胸の底から悲しみと憤《いきどお》りがこみあげてきた。二宮の駅で米軍機の機銃掃射《きじゅうそうしゃ》のために命を落とした父の顔、母の顔、妹たちの顔が、次々に浮かんできた。涙がこぼれそうになり、急いで空を見上げた。

「高木さん、ありがとうございました、ご無理なお願いをして……。これで終わりにします」

私の心の内を察してくれたのか、編集者のMさんはそう言ってくれた。

そのあと、銀座へ向かった。二時半からヤマハ・ホールで、私の作品を映画化した『ガラスのうさぎ』の第一回試写会があるためだった。その前に昼食をすましておかなくてはと思ったが、緊張していたためか注文したサンドイッチは半分しか食べられなかった。

少し早目に、会場へ行った。私も何人かの方をご招待していたので、会場の入口に立った。恩師、友人、知人が次々に見えてくださり、

「おめでとう、大変だったでしょう」

「よくがんばったわね、からだ大丈夫？」

などと言ってくださった。そのとき、一人の男の人が私の前に歩み寄ってこられると、一冊の黒っぽい表紙の本を差し出された。

「これ、ぼくが書いた本です。詩集です。おひまなとき、ぜひ読んでみてください」

私はあがっていたので、何とごあいさつしたのか覚えていない。きっと、

「ありがとうございます」

と申し上げるのが、精いっぱいだったと思う。その方は、私に本を手渡すと、そのままスッと人混《ご》みの中に消えていってしまった。

そのとき、会場に、上映開始のベルが鳴った。私はすでにもう二度、この映画を見ているので、今日《きょう》は落ち着いて見られると思った。しかし、午前中、両国に行ったこともあってか、一シーン、一シーンがなまなましくて、涙があふれてくるのを押さえようがなかった。最初のうちは、まわりをはばかって我慢《がまん》していたのだが、もうどうしようもなかった。

その夜、新橋の第一ホテルで映画完成のパーティーが開かれた。いろいろな分野の人が集まり、会場はいっぱいであった。たくさんの人にご紹介されたり、ごあいさつしたりで、私はただ右往左往《うおうさおう》していた。最後までいっしょにいてくれた友人のYさんが、私が何も食べていないのを心配して、会の終わったあと彼女のお店へつれていってご馳走《ちそう》してくださった。そこで私は、やっと人心地《ここち》がついた。

それから数日が過ぎて、ようやく気持ちも落ち着いた私は、あの試写会でいただいた黒っぽい表紙の本を思い出した。取り出してみると、その表紙には、

『奥田史郎詩集・水のない街』

と印刷されていた。私はページを開いて読みはじめた。社会的な詩が多かった。富山県の神通川《じんずう》沿いに起きた公害病「イタイイタイ病」のことをうたった「骨と川」という詩があった。私自身、十年来《らい》のリウマチ患者なので、痛ましいなあ、と思いながら読みすすんだ。突然、「ひかりのバラード」という表題にぶつかった。それまで何となく暗い感じの詩が多かっただけに、内心ホッとして読みはじめた。

ところが、この詩は、私の胸に突き刺《さ》さる言葉の連続だったのである。同じように肉親を「戦争」で失っている私にとって、とてもやりきれない辛《つら》い詩、慟哭《どうこく》の詩であった。

ここに、その一部を紹介させていただく。

焼けただれ　くずれた町の
雲ひとつない　夏の空の下を
母をさがしあるいた
あの日の　陽のかがやきには
くりかえすサイレンのひびきが

いつまでも　耳に残る

似たようなすがたかたちのモンペ姿に
何度も裏切られ
血泥にまみれ　くさりはじめた死体の山を
もしやこの中では　と
はかない期待をつなぎ　つなぎ
焦げ丸太のようにならべ　つみ上げられた
焼死者の置場を
いくつも　わたりあるいて
ようやく　これが母らしいと
最後のきめてになったのは
町会の節約運動で作った
残りぎれで織った細い帯と
その帯にはさまれていた

楠公《なんこう》の紋どころ——菊水を刺繍《ししゅう》した
愛用の　黒っぽい財布《さいふ》だけ

読みながら、私は、本を持っている私の手がかすかにふるえているのに気がついた。

三日めに
やっとさがしあてた父と子は
焼け跡の　トタン板の上に母を載せ
吹きぬけるほど晴れた空は
目が痛い

空襲警報のサイレンが　いくどか鳴って
蟹《かに》のように　人々はものかげにかくれたが
もはや　焼かれるものもない父と子は
チラと空を見上げただけで

母が骨になるまでのけむりを
いつまでも　みつめていた

私の瞼《まぶた》にも、あの八月の晴れた空の青さがまざまざとよみがえってくる。（奥田さんがお母さんの遺体を焼かれたこの八月六日、私も父の遺体を小田原の火葬場に運んで焼いたのだった。）この詩は、このあともまだつづくのだが、その最後は次の三行でしめくくられていた。

非常時《ひじょうじ》だけが　生きのびて
かくじつに
しかも　足早に近づいてくる

そうなんです。あれからまだ三十四年しかたっていないのに、またあの戦争前と似たような状況が生まれてきつつある。

「戦争の話？　それはむかしのことでしょ。戦争なんて、もうすんだことでしょ」

などと言っているうちに、私たちはまた再び戦争への道を歩まされてはいないだろうか。

げんに、「非常時」という言葉は、いつのまにか「有事《ゆうじ》」という言葉に変わってよみがえってきている。

「東洋平和のためならば、なんで命が惜《お》しかろう……」

あのころ、私たちはよくこの歌をうたった。そして大東亜《だいとうあ》戦争（私たちの世代は、太平洋戦争をそう呼称《こしょう》するように教育された）が、いかに〝正義の戦《いくさ》〟〝聖戦〟であるか、くり返し、くり返し、教えこまれたものだ。同じようなことが、いま再び起こってはいないだろうか。

「自分の国は、自分で守る気概《きがい》を持て！」

こういう言い方は、恰好《かっこう》よく聞こえる。あるいは、また、

「他国に攻め込まれたらどうする？　個人の家だってちゃんと戸締《とじ》まりが必要なように、国もまたよその国に攻め込まれないだけの戸締まり、つまり防衛力が必要なんだ」

という言い方も、よく耳にする。しかしこれは、よその国を〝いつでも攻めてくる国〟としか見ない考え方ではないだろうか。そしてもし、このような考え方に立って、軍備による防衛力をたよりに国の安全を守ろうとするならば、いきおい戸締まりを「もっとしっかりと」「もっと固く」と考えるようになるし、そうなると軍備はどんどん強大になっていくのではないだろうか。

一九四七年（昭和二二年）五月三日、日本国憲法が施行《しこう》されたとき、私は十四歳だった。その第九条には、「――武力による威嚇《いかく》又《また》は武力の行使は、国際紛争《ふんそう》を解決する手段としては、永久にこれを放棄《ほうき》する」と書かれていた。その文章を、私は、まぶしい太陽を仰ぎ見るようにして読んだものだった。

「ひかりのバラード」を読みながら、私の中に、いろいろな考えや思いが浮かんでくる。そして、ああ、富山市にも、当時の私と同じ十二歳でこんなむごい体験をなさった方がいらっしゃったのだなあ、と思うと、また新たな涙があふれてきた。

それからひと月ほどたった七月中旬、日本ジャーナリスト会議というところから電話があった。

「あなたは『ガラスのうさぎ』という本で、たくさんの人に、戦争のむなしさ、痛ましさ、平和の尊さ、ありがたさを伝えてくださった。その功績《こうせき》により、一九七九年度日本ジャーナリスト会議奨励《しょうれい》賞をさしあげたい。八月十五日が受賞式です。まずは、おめでとう」

私は、この思いがけない知らせに、頭がボォーッとなってしまった。そうだ、亡き両親や妹たちに報告しなければ――。私は、実家の菩提《ぼだい》寺に向かって自転車を飛ばした。

「あの泣きながら一所けんめい書いた『ガラスのうさぎ』に、ジャーナリストの方たちがごほうびをくださるんですって。これもひとえに、お父さん、お母さん、信ちゃん、光ちゃんのおかげです。本当にありがとう!」

私は両手を合わせ、心からお礼を言ったのだった。

それから二、三日たった午後、私の家に電話があった。

「奥田と申しますが、覚えていらっしゃるでしょうか? 以前、詩集をさしあげた――」

「ああ、『ひかりのバラード』の方ですね」

思わず、私はそう答えてしまった。

「実は、ぼくが所属している詩人会議というグループで、毎年『八・一五の集《つど》い』というのをやっているのですが、ことしはぜひ高木さんに来ていただいて、お話をしてほしいというみなさんの希望なんです。どうでしょうか――」

さあ、困った。その日は、日本ジャーナリスト会議の受賞式がある。ところが、奥田さんもジャーナリスト会議の会員ということで、奥田さんのご配慮で、両方に出席できるようになった。

八月十五日、午後六時、まず日本ジャーナリスト会議の受賞式に出席した。新聞、放送、出版界などで働く人たちが大勢《おおぜい》あつまり、私など場違いのようでどうしてよいかわからなかった。

「『ガラスのうさぎ』の高木敏子さん！」

仮設舞台の上から呼ばれて、私は一歩、一歩、階段をふみしめて壇上へのぼった。落ち着いていたのではない。転《ころ》んだら大変だ、と一所けんめいだったのだ。

賞状が読み上げられ、会場のみなさんが大きな拍手をしてくださった。私は、感激で胸がはちきれそうになった。ありがたくて、涙がどっとあふれてきた。

「胸がいっぱいで、なんにも言えません。みなさま、ほんとうにどうもありがとうございました」

これだけ言うのがやっとで、心をこめてお辞儀《じぎ》をした。

それからすぐに、労音会館に向かった。詩人会議の人たちが六十人くらい待っていてくださった。こうしたことは私にははじめての体験だったので、この夜の感激は私には一生、忘れられないものとなった。

その後、奥田さんとは、奥田さんが編集にたずさわっておられる雑誌の原稿依頼をいただいたりで何度かお会いした。しかし、個人的には、「富山の空襲でお母さまをなくされた方」という以上にくわしいことをお聞きする機会がなかった。

それから二年近くが過ぎた一九八一年（昭和五六年）七月のある日、私は中山伊佐男さんという方からお手紙をいただいた。『ガラスのうさぎ』の出版いらい、私は読者の方がたからたくさんのお手紙をいただいた。その中には、苛酷《かこく》な戦争体験を持っている方も多かった。そのつど、泣き虫の私は、涙ぐみながら読ませていただいた。

ところがこの手紙は少し違っていた。そこには、私の『ガラスのうさぎ』を学校の『図書館だより』に紹介したということとあわせて、富山の空襲でお母さんと妹さんをいっぺんに失い、その遺体をご自身の手で焼かれたということが書かれてあった。

あまりにも衝撃《しょうげき》的な体験に、私はびっくりし、読み終わるまでに、何度も中断しなくてはならなかった。その上、お手紙には、奥さまが、私と同じ都立第七高女（現在の都立小松川高校）の出身で、しかも同期生であると書かれていた。

偶然というにはあまりにも不思議な〝運命のみちびき〟という気がした。私はさっそく、封筒《ふうとう》の裏に書かれていた電話番号にしたがってダイヤルをまわした。

はじめに奥さまが出られた。やっぱり第七高女の同学年で、一年生のとき三組にいらっしゃった北沢さんだとわかった。私は一組だった。かわって、中山さんが電話に出られた。現在は麻布《あざぶ》高校の生物の先生でいらっしゃる中山さんが、戦争中は私と同じ下町の小岩に住んでおられたことを知った。

この夜、三十分ほどお話ししたが、妙に波長《はちょう》が合うのに驚いた。これも、空襲で母と妹を失うという同じ体験をもつ者どうしだったからでしょう。お話ししているうちに、私は、中山さんを奥田さんに紹介したいと思った。同じ富山の空襲でお母さんを失い、しかもその遺体をみずから焼かれた二人――いや、どうしても会っていただかなければならない、と思った。

「八月十七日に、詩人会議というグループの主催で平和の集《つど》いがあります。その集まりの主催者のお一人で、奥田さんという方がいらっしゃいます。中山さんと同じ富山の空襲で、お母さんをなくされた方です。ぜひご紹介したいので、その集まりにお出でになりませんか。もちろん、私もまいります」

八月十七日、水道橋の労音会館で、私は中山さんと初対面のごあいさつをした。想像したとおり、たいへんきちょうめんそうな方だった。この中山さんを、同じ時、同じ場所で、同じ体験をした奥田さんに、今夜お引き合わせできる。そう思うと、私の胸はキューンと熱くなった。

その上、私はここで思いがけない人に出会った。やはり都立第七高女時代にいっしょだった斉藤さん（現姓・山崎さん）だった。斉藤さんと私は、

「わかる？　わかる？」

を連発して手を取り合った。意外な旧友との出会いに、私はすっかりうれしくなってしまった。やっぱり生きていてよかった。

さあ、こんどは、中山さんと奥田さんの番だ。会が終わり、私たち三人は遅い夕食を共にすることになった。席につき、それぞれ自己紹介がすむと同時に、お二人は、それこそ申し合わせたように『富山大空襲』（北日本新聞社刊）という本をテーブルの上に出された。私は、お二人のあまりの一致した行動にびっくりした。

この『富山大空襲』には、めずらしく巻末《かんまつ》に、犠牲《ぎせい》者のお名まえが列記してある。この本の編集にあたられた北日本新聞社の浦野俊夫さんという方が、市役所の倉庫に埋《う》もれていたのを見つけ出された名簿《めいぼ》なのだそうだ。その中に、中山さんのお母さんと妹さん、奥田さんのお母さんのお名まえもあった。お二人はそれぞれのお名まえを探《さが》し出して、そこ

にしるしをつけておられた。

お二人が体験された富山空襲は、その直後の発表によれば、来襲したB29爆撃機の数は七十機となっている。でも、これは、当時の軍司令部が厳重《げんじゅう》な情報統制《とうせい》のもとで発表した数字で、のちに明らかにされたアメリカ空軍の発表では、その数は倍以上の百七十四機となっているそうだ。

そして、投下された焼夷弾《しょういだん》は五十一万七千六十五発、ざっと一坪（約三・三平方メートル）に一個の計算になるという。その結果、二万戸の家が焼失、二万五千世帯、十一万人近くの人が焼け出され、炎《ほのお》の海の中を逃げまどったのだ。

死者の数は、二千七百十九人。そのほかに、重傷者千九百人、軽傷者六千人。しかも、この重傷者のうち、まもなく絶命した人が多かったというから、富山空襲で命を奪われた人は、三千人に達したと見ていいのではないだろうか。

こうして市街地の九十九・五％を焼失《しょうしつ》・壊滅《かいめつ》させた富山空襲は、都市破壊率の上でも、人口比にしての殺傷率の上でも、きわめて高い比率となった。その被害率は、全国各地の悲惨な空襲の中でも、ずばぬけて高いという。

この地獄のような体験をし、ともにそのお母さんを炎の中で失った中山さんと奥田さんは、三十六年間、たまりにたまっていた思いを一度に吐《は》き出すように、語りつづけられた。ビールこそ飲まれたが、お料理にはほとんど箸《はし》をつけず、約二時間、それこそ夢中で話しつづけて、私の存在などまるで忘れたごとくであった。

でも、いいんです。これでいいのです。お二人とも、お互い、家を焼かれ、お母さんを失われたあと、さんざん苦しい目にあって、そして社会の第一線で息つくひまもなく働きつづけてきて、その間あの悲しい体験はむりやり自分の中に封じ込めて、生きていらっしゃった。その思いを語ることのできる相手を、いまそれぞれに見つけられたのだ。

「恐れ入りますが、カンバンですので――」

突然、お店の人にいわれて、お二人はわれに返ったようであった。人と人との出逢《であ》いの不思議さに、私はふと「仏縁《ぶつえん》」という言葉を思い出した。これはきっと、お二人のお母さんの魂《たましい》が、お二人をお引き合わせしたのにちがいない。

それから二カ月ほどたったある日、奥田さんから電話があった。

「ぼくの友人で、高校生文化研究会という小さな出版社をやっている人がいて、そこで高校生むけの『考える高校生』という月刊誌を発行しています。それで、十二月号に戦争体験の座談会を企画したんだそうです。高木さんがいつも言っている〝十二月八日をどう若い世代に伝えるか〟というテーマにもつながるし、どうですか、中山さんと高木さん、それにぼくとでがんばりたいと思うんだけど……」

私は、二つ返事でお引き受けした。

十月三十一日、土曜日の午後、私は地下鉄の神保町の駅の階段をふうふういいながら登った。高文研（高校生文化研究会）のあるビルは大通りから少し入ったところにあったが、すぐにわかった。

座談会は三時半から始まった。同じ空襲体験をもつ三人は、夢中で語り合った。

「この辺でどうでしょう。最後にお一人ずつ、いまの高校生世代に向けてご発言をいただいて締めくくっていただきたいのですが――」

編集者の金子さんの言葉に、私はふとわれに返った。時計を見ると、七時半をまわっている。知らぬまに四時間以上もたっていた。三十六年前に戻ってしまった三人は、話したいこと、聞きたいことが山ほどあって、時間がたつのに気づかなかったのだ。

「これだけのお話、とても一回だけの雑誌の座談会で紹介しつくせるものではありません。かけがえのない体験ですし、しっかり伝えるために、一冊の本にしたいものですね」

高文研代表の梅田さんの提案だった。

「しかし、いざ書くとなると大変だねえ。それぞれ仕事があるし、内容も内容だし……」

中山さんと奥田さんは、いざ執筆となったさいの重さをおしはかっておられるようだった。

「でも、このお話は、二人の男の子の『ガラスのうさぎ』ですよね。ぜひ書き残してほしいわ。私にできることがあったら、お手伝いしますから。私たちの子どもたちも、いよいよ選挙権をもつ世代になってきているでしょ。いまここで、未来の選択を誤らないようにするためにも、お二人にがんばってほしいわ」

生意気《なまいき》にも、私もそう言った。

それからまもなく、高文研では、この地味《じみ》ではあるが、子どもの側から見た戦争についての大切な証言を綴《つづ》った本を出版することを決心されたようだった。そして、中山さんと奥田さんも書くことを決意された。

こうして、お二人の執筆が始まった。奥田さんのお仕事は、忙しい雑誌編集の仕事である。帰宅はいつも夜遅く、執筆はそのあと、深夜、二枚、三枚と書きつがれたのだという。

一方、中山さんの方は、十一月下旬、たった一人の肉親である妹さんの夫君《ふくん》が急逝《きゅうせい》され、妹さんのいわば父がわりとなって、残された妹さんを励《はげ》ましながら、みずからも気力をふりしぼって執筆にとりくまれたのだという。

少年の身で母を失い、その母の遺体を自身の手で焼くという、すさまじい体験をなさったお二人である。ただでさえ、ペンは重かったにちがいない。記憶がよみがえればよみがえるほど、ペンはすすまなくなる。それを乗りこえ、乗りこえして、この原稿は出来上がっていったのだと思う。

私が『ガラスのうさぎ』のもととなった小冊子《さっし》『私の戦争体験』を自費出版したのは、父母と妹たちの三十三回忌《き》だった。つまり、あの体験を人前《ひとまえ》で語れるようになるまでには、三十二年の年月が必要だったのです。いま、中山さんと奥田さんは、あれから三十七年をへてそれぞれの体験を明らかにされる。なぜ、三十有余年も沈黙を守らねばならなかったのか、私にはお二人の心の中が痛いほどわかるのです。

生まれてくる子どもは、自分で親をえらべないように、自分で時代をえらぶこともできません。いまから四、五十年前、戦争の時代に生み落とされた子どもたちは、物心ついたときから戦争の渦《うず》の中に巻き込まれ、その一部は、悲惨な運命を背負《せお》わされました。

幸いにして、戦争に遭遇《そうぐう》することなく育った人たちは、どうか、この男の子たち（現在の中一と高二）の哀《かな》しい無残《むざん》な体験記録を読んでください。そして、現在の平和が、いかなる犠牲《ぎせい》の上に、どのようにして築《きず》かれ、守られてきたのかを、しっかりと知ってほしいのです。そしてさらに、あなたたちの次の世代に、平和のままの日本を、世界を、引き継《つ》いでいってください。

私は、戦争が終わったあと、わが家の焼け跡《あと》で、ひとりつぶやきました。

「大人《おとな》たちは、なぜこんな戦争なんかしたの……」

こんどまた戦争が起こったら、子どもたちはこう叫ぶでしょう。

「大人たちは、なぜ、再び、戦争なんかしたの！」

奥田 史郎（おくだ・しろう）
1933年、富山市に生まれる。詩人会議会員。元『婦人公論』編集部勤務。詩集『水のない街』（青磁社）『虹の架け橋』（現代史出版会）ほか。

中山 伊佐男（なかやま・いさお）
1929年、東京都に生まれる。元麻布高等学校教諭（生物）。高校理科教科書（実教出版）を編集・執筆。

高木 敏子（たかぎ・としこ）
1932年、東京都に生まれる。処女作『ガラスのうさぎ』（金の星社）で厚生省児童福祉文化奨励賞、日本ジャーナリスト会議奨励賞受賞。

［新装版］八月二日、天まで焼けた

●一九八二年 六 月 一 日――初 版第一刷発行
●二〇一五年 八 月一五日――新装版第一刷発行

著 者／奥田史郎・中山伊佐男・高木敏子

発行所／株式会社 高文研
東京都千代田区猿楽町二―一―八
三恵ビル（〒一〇一―〇〇六四）
電話03＝3295＝3415
http://www.koubunken.co.jp

印刷・製本／モリモト印刷株式会社

ISBN978-4-87498-577-9 C0021

戦争の時代を生きた子どもたち

ひめゆりの少女

◆十六歳の戦場

宮城喜久子著　238ページ　1，400円＋税

陸軍野戦病院へ送られた16歳の少女は、そこで何を見、何を体験し、何を感じ、何を思ったか——。砲弾《ほうだん》の下の三ヵ月、生と死の境界《きょうかい》線《せん》上で書き続けた日記をもとにいま伝えるひめゆり学徒隊の真実。

石になった少女

◆沖縄・戦場《いくさば》の子どもたちの物語

大城将保＝文　磯崎主佳＝画　128ページ　1，400円＋税

沖縄戦で家族と離ればなれになった少女は、「人待ち峠」で家族との再会を待ち続けるが…。戦場の島を住民がいかにして彷徨したのか。戦争の実相を臨場感溢れる表現で描いた児童文学。

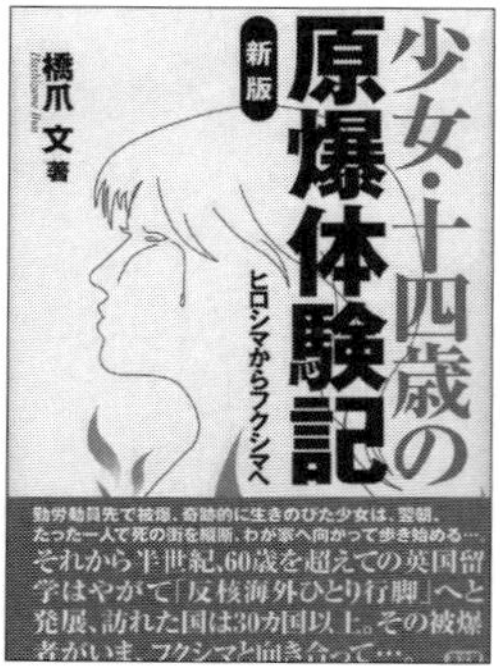

新版 少女・十四歳の原爆体験記

◆ヒロシマからフクシマへ

橋爪文＝著　236ページ　2，000円＋税

勤労動員先で被爆、奇跡的に生きのびた少女は、瀕死の身で死の街を縦断、わが家へ向かう…。それから半世紀、「反核海外ひとり行脚」で訪れた国は30カ国以上。その著者がいま、フクシマと向き合う。